空ばかり見ていた
岩松了
リトルモア

空ばかり見ていた

岩松了

登場人物

多岐川秋生　反政府軍の兵士　リンの恋人
吉田満　兵士たちのリーダー
リン　吉田の妹　秋生の恋人
土居　兵士　秋生の直属の部下であり友人
二見　兵士
真山　兵士
石川　兵士
繁行　兵士
タニ　捕虜
カワグチ　捕虜
田中　生命保険の外交員
登美子　真山の母親

1

ひとりの男（多岐川秋生）が歩いてくる。

薄暗いが、そこは学校のようだ。

廊下から教室へ入ってきた秋生は、そこにある電球のスイッチをパチパチとやるが、切れているようで、近くにあるろうそくに目をやると、それにマッチで火をつける。

見えてくる教室も廊下も、学校としては使われていないようで、むしろ改造された廃校と言っていいだろう。

明かせば、そこは、これから物語る〝内戦における反政府軍〟のアジトなのだ。

登場する男たちは（捕虜となっている政府軍の二人以外は）皆、反政府軍の兵士だということになる。

秋生は、教室の中のひとつの椅子に座る……と、その視線の先に、ひとりの女を見た。

驚いて、椅子から立ちあがり、

秋生　田中さん……。

田中　……

秋生　いや、疲れた人間はこうするだろうと思って……。それで今、これに座ってみたんだ……。

田中　（少し笑って）え？

秋生　おかしいと思ったんだよ。ずっと歩いてきたのに、疲れてないような気がして。

田中　……

秋生　だから、座れば、座ったことで、ああやっぱり疲れてたんだってわかる……。そういうことだってあるんじゃないのかって……そう思ってさ。

田中　歩いてきたって、どこから？

秋生　ああ、いい質問だな。まさにそれが欠落してるって思ったんだ。疲れてるはずだってことを言いながら、ハハハ……うん、どこから、それだ……山のふもとから。

田中　山のふもとから!?

秋生　そう！　疲れてるはずだろ？

田中　そうね……。（と言いながら、秋生の体を見まわすような）

秋生　やっぱりそう？　疲れてるようには見えない？
田中　ええ。
秋生　……
田中　ごめんなさい、ただそう思えないってだけのことよ……。あなたが疲れたって言えば、素直に私、ああ疲れてる人なんだって思うかもしれない……。ただ――
秋生　ただ？
田中　疲れてる人は、どっちかって言ったら……こう……下を向いてるような気がする……肩をおとした感じで……。
秋生　いや、だから――
田中　わかるわよ、それで、その椅子に座ってみたってことよね。つまり、下を向くかわりに、肩をおとすかわりに、疲れてる人間なら、これもあるだろってことで、その椅子に座ってみた……。
秋生　ん……うん……。（うなずく）
田中　（その秋生を見ている）……
秋生　え？
田中　山のふもとから歩いてきたんじゃないんじゃない？
秋生　あ？

田中　ううん、あなたが嘘をついてるってんじゃないわよ。そうじゃなくて、そう思ってるだけで、ホントは山を登ったりはしてないんじゃないかってことよ。

秋生　何を言ってるんだ田中さん。あんた、おかしいよ、言ってることが。

田中　そうかな。

秋生　そうだよ。だって――、え？　思ってるだけで？　オレは山のふもとから歩いてきたって言ってるんだよ？　え？　それが思ってるだけって言いたいの？（田中を見て）何をしてるの？

田中は椅子に座って、なつかしげに机を触ったりしている。

田中　おぼえてるでしょ？　私がよくここに座ってたの。

秋生　……

田中　あの日のこともおぼえてる？

秋生　あの日って？

田中　あなたの恋人が、リンさんが襲われた日よ。

秋生　……

田中　私はここで、あなたの恋人がお兄さんに、兵士として皆と一緒に闘いたいって言

秋生　っているのを聞いていた……。お兄さんは、吉田さんは「おまえは女だから」の一点張りで、兵士たちの身のまわりの世話をしてくれればいいって言ってた……。ちょっと待って、その日の何をおぼえてるかって聞いてるの？　オレはその日、その場には、ここには、いなかった……。

田中　吉田さんが、リンさんに「おまえは女だから」って言っていたことは？

秋生　それは知ってるさ。別にその日じゃなくても、吉田さんはそう言ってたからね。

田中　それに対して、あなたは？　秋生さん！

秋生　オレに何が言える？　兄妹間のことだ。オレに何が言える!?

田中　……

秋生　何？

田中　あなたはいたのかもしれない、あの日、ここに……。

秋生　え？

田中　いなかったと思ってるだけで……ちがう？

秋生　また変なこと言ってるよ田中さん。

田中　なぜ疲れてないの？　山道を登ってきたのに。

秋生　……

田中　同じことよ、それもこれも。あなたは記憶と闘ってるだけ。記憶があなたを逃が

秋生　すまいとして追いつめるから、あなたは記憶を手なずけようとする……。
田中　（少し笑って）え？　まるで始末におえない女を相手にしてるみたいに。フフフ。

ヘリの音が近づいてくる。

秋生　だってオレはあの日――
田中　あの日、オレは？

ろうそくの火が揺れて、消えてしまう。
ヘリの音は大きくなり、やがて遠のいてゆく。

秋生　（姿が見えなくて）田中さん！

そこに、同じ軍服を着た男（二見）が。

秋生　誰だ？　……二見か……。

二見　秋生さん……。
秋生　何をしてるんだ？
二見　電波が通じないんです。

見れば携帯をいじっている。

二見　ちきしょ、ここらへん、通じたんだけどな……。
秋生　どれ、かしてみろ。

秋生、二見の携帯を受け取っていじるが、二見は、すでに携帯への関心はないようで、しかも二見の携帯は、

秋生　（こわれてる）……これは、おまえ。（と二見を見るが）
二見　……（あたりを見ている）
秋生　（不穏なものを感じ）二見？
二見　ハイ？
秋生　誰かいるのか？　そっちに。

二見　そっちって？
秋生　今、見てたろ。
二見　いえ……見てません。

そちらを見に行こうとする秋生を、二見は行かせまいとして、

二見　見てなかったんです！
秋生　どけ！
二見　……
秋生　どけって言うんだ！

二見、道をあけるが、秋生は、なぜか、そっちに行こうとしない。

秋生　（こわれてる携帯を見て）……
二見　（その様に）え？
秋生　（まじまじと二見を見る）……
二見　通じてないでしょう？　電波。

秋生、携帯をそこらに放る。

秋生　なぜそんなものを……。

二見　（携帯を拾おうとする）

秋生　田中さんか？　田中さんを見てたのか？

二見　……（動きを止めて）

秋生　見えたんだろ？　田中さんが。

二見　（再度、拾おうとする）

秋生　言え！　見えたのか!?　田中さんが！

二見は、おびえ、首を横に振る。
そして携帯を拾おうとする。

秋生　（その手をつかんで）二見、おまえも認めるだろ？　オレがあの日、ここにはいなかったってことは！

二見　あの日？

秋生　リンが襲われた日だよ。山道で！　その前にリンは、ここで吉田さんに、自分も

二見　兵士として一緒に闘いたいと申し出た！　吉田さんは「おまえは女だから」って、妹の申し出をつっぱねた……。
秋生　ああ……あの日……あの日は秋生さんは、司令官に会うためにオオウラの方に。
二見　だろ？　そうだよな、オレは連絡を受けて、あわてて戻ってきたんだ。
秋生　（つかまれてる手首が痛そう）……
二見　あ、ゴメン……。（と手を離す）
秋生　（手をさすりながら）……フフ……。
二見　（教え諭すように）こわれてるんじゃないか……。（と携帯を指さす）

しかし不意に秋生は、田中の方が気になった……結果、二見を背にした。

二見　（秋生の背中に）田中さんが死んだのは、オレのせいだって言うんです……。
秋生　（二見を振り向く）……
二見　オレのせいじゃないんです。田中さんが死んだのは。

ヘリの音が近づいてくる。

秋生　（空を見る）――

そして視線を二見に戻し、何か言おうとするが、すでに二見の姿も見えない。

秋生　（つぶやく）二見……（探して）二見……（叫ぶ）二見ーッ！

ヘリが近づく音とともに、あたりが夥しい光に包まれる。
ヘリの音が消えると、その教室には、机や椅子が増えていて、より教室らしい状態になっており、そこにひとりの女（リン）が立っている。

秋生　……！

ひとりの男が来た。
軍のリーダーにしてリンの兄、吉田だ。

2

吉田　納得してくれたと思っていいな。

リン　……

吉田　フフ……了解をえようとするのも妙な話だ……。オレがそう決めればいいだけのことだからな。どこへ行く？

リン　（止まって）了解が必要？

続いてあらわれたのは田中。

吉田　まだいたの？

田中　ちゃんとした挨拶がまだだったし。

吉田　（田中を見る）

田中　帰り際の挨拶よ。いつの間にか姿が見えなくなったんじゃイヤでしょ、何かと。

吉田　イヤじゃないよ、別に。
田中　あんなこと言ってる……。
吉田　（リンに）まあ、座れ。
リン　……
田中　私はね、リンさん、お兄さんの意見を支持するわ。賛成できない。あなたが武器を持って闘うなんて。
吉田　（田中に）オレは何も兄妹だからって反対してるわけじゃない。（リンに）おまえにはおまえにふさわしいポジションてものがあるって、そういう話をしてるんだ。
田中　そうよ、私もそうだわ。だから同じ意見よ、私も。
吉田　（田中を見る）
田中　ええ、同じよ。
吉田　……
リン　お茶くみに徹しろって？
吉田　お茶くみ？
田中　お茶くみじゃないわよ、リンさん。お茶くみなんかじゃない。一緒に闘ってるのよ。だって、あなたは……そう！　支えてるもの、兵士たちの心と体を！　衛生面、食料のこと、武器以上よ、それは！　そのことは！

リン　でも、あれだけいた仲間が今は七人、たったの七人になってるのよ！　どう考えるの、このことを。リーダーとして！

吉田　……何だ、その口のきき方は。オレが手をこまねいてるとでも言いたいのか？　死んでしまった部下たちのことを忘れてしまってるとでも言いたいのか!?　（とリンに手を出そうとする）

田中　（とどめて）やめて。

吉田　（思いとどまり）……

田中　びっくりしちゃった……。やってるわよ、リーダーは。秋生さんが司令官に会いに行ってるのだって、行かせてるのだって、この現状を打開するためだもの。そうでしょう？

リン　（田中に）知ってるわよね、チェラベークのメンバーが捕まったって。

田中　知ってるわよ。三人組の、アレでしょ。……ラップの……。

リン　歌ってただけよ、仮設のステージで！　銃を隠し持ってたって！　それが逮捕の理由！　ないわよ、銃なんか、どこにも！

田中　……

吉田　……

リン　だから、今私たちにできることは何だって話をしてるの。友だちよ、彼らは、私

吉田　たちの！　友だちも助けることができないで、何が政治よ。
リン　じゃあオレは、その前に、その友だちって言葉を問題にするぞ。どうなってるんだ、おまえの中で。友だちと友だちじゃない者のちがいは！
吉田　友だちは、ここ（胸を示して）にいるのよ！　社会よ、私の！
リン　社会の外にいるのか！　その友だちじゃない者は。どこなんだ、その社会の外ってのは。
吉田　外なんて言ってないわ。
リン　言ってるだろ。友だちをそう規定することで。
吉田　何？　私の社会が狭いってことを言いたいの？
リン　さあな。
田中　私は黙ってることができないってことを言ってるわ。
リン　（兄妹の言い合いを）フフフ……。
吉田　（田中を見て）笑ってる……。
田中　（つぶやくように）……友だちなんて曖昧な言葉つかってんじゃねえぞ……。
吉田　秋生さんから何か連絡は？
田中　ん？　うん……。
　　　あったの？

吉田　いや、まだ……。

リン、何も言わずに出てゆく。

田中　わかってんでしょ？　あなただって。
吉田　え？
田中　女心よ、リンさんの。チェラベークが捕まったとか、そういうことじゃないでしょ？
吉田　……ちきしょ、暑いな。
田中　何なの、その、ちきしょってーの。
吉田　……

田中は、そこらの机に（保険の）資料などを広げている。
三人の兵士（土居、石川、真山）が、リンが行った方から笑いながら来る。

土居　（デジカメ見せながら）ホラみろ、おまえ、こんな顔してんだぞ。
真山　わっ、いつの間に撮ったんスか、こんな……。

土居　シャッター押した時だよ、おいおまえ削除してんじゃねえぞ。
真山　しませんよ。ちゃんと見せてください、オレの顔。

石川は、じゃれ合ってるような二人のそばで人がよさそうに笑っている。

土居　（吉田に）戻りました。
吉田　うん。
土居　あと三日もあれば解体は終わると思います。
吉田　そうか。
田中　（石川に）解体って？
石川　ヘリの解体です。あいつらの。
田中　ああ……。
土居　（真山からカメラを取り上げて）しみじみ見てんじゃねえよ。
真山　あ……。
吉田　おまえらの方に多岐川から連絡ないだろ？
土居　秋生さんから、いいえ。

三人、引っこむ。

吉田　おい、真山！　おふくろさん来るって言ってたの、今日だったか？
真山　（出てきて）あ、ハイ！
吉田　じゃあ、迎えに行くのか、下まで。
真山　そう思ってたんですけど、迷惑がかかるからって……自力で来るみたいです。
吉田　……
真山　すいません。

真山、引っこむ。
田中は、机の上の資料を見ていたが、

田中　ねえ、ホントにどう？
吉田　何が？
田中　保険よ、生命保険。さっきも説明したでしょ？
吉田　……（舌打ち）
田中　ホラこれ、〝5年プラン〟〝10年プラン〟〝15年プラン〟ていうふうに五年ごとに更

吉田　新するようになってんだけど、その更新料がね、今だったらキャンペーン中で――

田中　広げるなよ、こんなとこで！

私の言ってること、おかしい!?　おかしくないでしょ？　あなたにもしものことがあったら、リンさんどうなるのよ。他に親族もいない、この内戦だっていつまで続くかわからない。でもいつかは終わるでしょう。ううん、終わる終わらないの話じゃない。どんな状況にだって生活はあるからね。あなたにもしものことがあったらリンさんは――

吉田　あのな、オレは革命家なんだ。そのオレに、生命保険だあ？　どういう神経だ！

田中　だって命の危険、あるでしょ!?

吉田　あるよ、危険は。戦争なんだから。

田中　で？

吉田　何だって？

田中　で？

吉田　で、何だ？

田中　先を聞いてるのよ。戦争だから命の危険はある。その先よ。

吉田　……

田中　あなた、私が生保レディやってるって言った時からバカにしてたわね。「大切にしてるものがちがう」とか言っちゃって……。私はね、その強がりがいつか泣きをみる日が来た時「ホラ、言わんこっちゃない」って言いそうな自分がこわいのよ。

吉田　オレは職業のことを言ったんじゃない！　その人間性のことを言ったんだ！

田中　そんなおまえが可愛いなんておっしゃったこともあったんじゃなくって？

吉田　ない！　断じてない！

田中　……

吉田　だいたい、あんたのその口調がまわりの人間に誤解を与えるんだ。あなた、あなたって……オレは一度だってあんたのあなたであったためしはないんだ！

田中　……

吉田　何だ？

田中　ううん……。

田中は涙をぬぐうような仕草。そして、資料をバッグに戻して、

田中　じゃあ、この受取人、吉田リンで作成した契約書、破棄しておきますから。（と破いて）

吉田　……

田中　変わらないわね、昔っから。人を攻撃する時だけイキイキしてる。

吉田　攻撃って……（鼻で笑って）……ま、いいよ。

田中　何が？

吉田　……

田中　何がいいのかしら？

田中は破棄した紙キレをゴミ箱に入れそこね、それを吉田が拾ってちゃんと捨てたりして……。

そこに土居が戻って――

土居　……だ、大丈夫ですか……。（今、話をしても）

吉田　何が？　大丈夫だよ。

土居　今、秋生さんと連絡がとれたんですよ。

吉田　そうか。

土居　ええ……。

田中　それじゃあ、私は――

土居　あ、お帰りですか？
田中　帰るわ。
土居　ちょっと待ってください。石川！　石川！

石川、出てくる。パン食べながら。

石川　ハイ。
土居　（パン食べてることを）おまえ……。（とあきれたふうに笑って）
石川　ハイ？
土居　ま、いいよ。おまえ、下まで田中さんを送ってってくれ。
石川　（一度ひっこもうとするが）
土居　いいよ、そのままで。
田中　送ってくれる？
石川　あ、ハイ。（パンがまだ）……
田中　大丈夫よ。私、牛乳もってるから。

田中と石川、去る。

土居　（言い訳ともつかぬ）……石川くんてカッコいいわね、なんておっしゃってらしたもんで……。
吉田　ていねい語つかうこたねえよ。
土居　あ、そうスか。
吉田　（捨てきれてない紙キレを拾ったりして）
土居　……
吉田　え？　で、会えたのか、司令官とは。
土居　今日は会えなかったんで、もう一日待つことにしたそうです。
吉田　会えないってのはどういうことだ？
土居　秋生さん言うには、司令官は敵に自分の動きを読まれてるって思ってるんじゃないか、だから今、不用意にこっちと接触することを避けてるんじゃないかって。
吉田　だったらもう一日待ったところで同じことじゃないのか？
土居　あ、ですから、待つってのはそういうことじゃなくて、こっちから司令官のいるタジマのアジトに近づいてみるってことです。
吉田　待つってのは誰の表現だ？
土居　え？
吉田　言ったろ、もう一日待つことにしたそうですって。それは誰の言葉かって聞いてるんだ！
土居　あ、もちろん、秋生さんの。
吉田　多岐川本人がそう言ったってことだな。
土居　ハイ。
吉田　……
土居　もう一度、連絡してみますか。秋生さんに。
吉田　いや、いい……。
土居　市街地の方まで行ってみたそうです。偵察機が飛びまわってるだけで、特に表立った動きは感じられないということです。
吉田　うん……。
土居　町の人たちも変によそよそしいって言ってました。話しかけても言葉をにごすらしいです。例のチェラベーク逮捕の状況なんかを聞き出そうとしても……密告者扱いされることをこわがってるんでしょうね。
吉田　こっちのことを何か聞いてなかったか？
土居　秋生さんがですか？
吉田　うん。
土居　いえ、特には……。

吉田　一度戻るように言った方がいいか……。接触できないとなると、むしろ近くにいることと自体が危険だろ。

土居　ああ……。

吉田　それとも……いや、そうか、待つってのは、そういうことだったな……。

土居　……

吉田　（窓わくのようなところを手をすべらせていたが）いてっ……。

土居　どうしたんですか。

吉田　木のささくれが……ささった……。

土居　大丈夫ですか？

吉田　大丈夫だ……。

土居がそのささくれがあった部分を、まるで、おまえが悪いとばかりに触ったりするので、

吉田　おまえ……。

土居　え？

吉田　んな……。（と少し笑う）

土居　（自分がしてたことに気づいたように両手を払って）そういえばリンさんのこと聞いてました、秋生さん。
吉田　え、多岐川？
土居　ハイ……。ま、元気にしてるかとか、だから相変わらずですって答えておきました。
吉田　あ、そ……。
土居　もうかれこれ二週間にもなりますからね、秋生さんここを出てから。
吉田　（少し笑って）そういうこと本人同士で話さないのか、あいつらは……。
土居　どうなんスかね。
吉田　だけどおまえにそんなこと聞いてくるってことはさ……。
土居　そうか……そうですね……。
吉田　え、相変わらずって答えたって？
土居　相変わらず、ハイ……。
吉田　相変わらずでもないんだけどな……、前線に出たいとか言い出してるし……。
土居　ああ、らしいですね。
吉田　らしいって、おまえ、誰に聞いたんだ？
土居　あ、繁行です。

吉田　繁行に？
土居　でもリーダーは反対してるって。自分も反対です。そもそも闘うようにはできてませんからね、女という動物は。
吉田　(行こうとする)
土居　あれ、どこに？
吉田　いるんだろ、繁行が。
土居　いや、ちょっと待ってください。
吉田　そのことじゃねえよ。

吉田、行く。
一人になった土居、鼻歌など口ずさみながらデジカメなど見ていると、リンが戻った。

土居　あ、あれ？（とあわててデジカメなどしまう）
リン　何？
土居　いえ、いえ。

リンは、そこらの椅子に腰をおろす。
そして自分の手を見ているが、

リン　（土居に見られて）手が荒れちゃって……。
土居　……
リン　ねえ、どうして夜になったの？
土居　何がですか？
リン　穴掘りよ。まさか体調を気づかってのことじゃないでしょう？　あの二人の。
土居　（首をかしげて）フフ……。
リン　え、そういうこと？
土居　いえ、いえ。
リン　変な反応しないで。
土居　ハイ……。いえ、自分にはよくわからないことなんで……。
リン　ハイって言ったり、いえって言ったり。
土居　ハハハ。
リン　今度は笑ってる。
土居　え、なんで穴掘りのことを？

リン　なんでってこともないけど……。楽しみだったから。
土居　あいつらが穴掘ってるのを見るのが？
リン　掘ってるって言うより、掘らされてるって言った方がいいか。
土居　ま、捕虜ですからね。
リン　そう、そう。捕虜が穴掘らされてる……なのに、なんかさあ、こっちがドキドキするっていうかさあ。
土居　ドキドキ……。
リン　無力を装《よそお》ってるような気がしてくるのよ、見ていると。
土居　……
リン　ってことはさ、ある意味、こっちが見られてるってことだよね。見てるつもりでも。
土居　ハハ……。
リン　何？　私はそう見えるって話をしてるのよ。
土居　ハイ。
リン　お願いだから変な反応しないで。
土居　手袋とかしたらどうですかね、水仕事やなんかの時は。
リン　え？

土居　いや、手が荒れるの……。
リン　言っとくけど、別に手がどうこうってこと、イヤがってるわけじゃないのよ。
土居　……
リン　何？　お嬢様みたいな手の女が好きなの？
土居　（笑う）
リン　また！
土居　……
リン　だいたい、実感がなくなるでしょ。手袋なんかしたら。何かを触ってるって実感が！
土居　（校庭の方を見て）ん？　どうしたあ!!

銃をかついだ二見が、腰にヒモをつけた捕虜のカワグチを連れて歩いてくるのだ。

土居　（近づいた二見に）どうしたんだ……。
二見　体がなまるとかぬかしやがるんですよ。
土居　体がなまる……。
二見　ハイ。

土居　もう一人の、タニか、あいつは？
二見　寝てます。
土居　寝てる!?
二見　汗かきながら。
土居　（カワグチに）何？　穴掘ってた方がいいって話か？　汗かきながら。
カワグチ　（少し笑う）……。
土居　いやいや、冗談言ってんじゃねえよ。
二見　これ、ここに縛っとこう。

手に持っていたヒモを、教室の柱にくくりつける二見。

カワグチ　なまけるって言ったんですよ。
土居　え？
カワグチ　だから、さっきの。習慣になってることをやらないと、体がなまけてるような気がするって。
二見　どうでもいいよ、そんなこたあ。
土居　なまけるのが嫌いなんだな。

カワグチ　ですかね。
土居　オレと同じだよ。オレも嫌いなんだよ、なまけるの。大嫌いって言った方がいいかな……（二見に）な。
二見　え、オレっすか？
土居　話し合ったことねえか、そういうこと。
二見　ハハ……。
土居　で、何？　もう一度聞くけど、穴掘ってた方がいいって話？
二見　オレも嫌いですよ、なまける――
土居　その話、もう終わったから。
二見　あ……。（うなずく）
土居　まあ、穴掘ってる間はいろんなことも忘れられるからな……。
カワグチ　……
リン　何しに出てきたの？
土居　おう、それだよ。
二見　あ、ハハハ、水が飲みたいって。
土居　じゃあ、水あげなきゃじゃん。
リン　私、持ってくる。

二見　あ、すいません。

リン、水を取りにゆく。

二見　穴も掘ってないのに忘れてる。なんつって……。

カワグチが教室内を見廻してるので……、

土居　そう……ここであんたらは捕まったんだよ。ただの廃校だと思ってたって言ったな……。ただの廃校じゃねえよ。あんたらの攻撃が結果的にオレたちをここに追い込んだんだよ。

二見　なつかしいか？

カワグチ　……

二見　なつかしいかって聞いてんだよ。

カワグチ　（ヒモを）ひっぱるなよ。

二見　……それでオレに何か言ったつもりか……ん？　言ってもいいんだぞ、このヒモ、はずしてくださいとか、私だって人間ですとかさ……。なんだ、耳がかゆいのか？

カワグチ　（耳に手をあてていたが）え？

二見　かきゃいいさ、かゆいんなら。

カワグチ　手が勝手に動いただけで……。

二見　（ものすごく驚いたように）勝手に!!　勝手に動くもんなんだ……手っていうものは。

リンが水を持ってきた。

二見　ありがとうございます。（と受け取った）

土居　どうしたことだろうな……、ここんとこあんたらの攻撃がナリを潜めてんだよ……。わかんなくなっちゃうじゃねえか。なあ、あんたらを何て呼べばいいのか。ちょっと待て。寝てる!?　寝てるのか、あのタニってヤローは！　捕虜のくせして！

二見　ククク……。（と噛み殺した笑い）

土居　え？　何？

二見　いや、この水をさ……（距離を確かめるように見て）ここらへんに置いて「ホラ水だよ」とか言いたいな、とか思って……。

要するに、カワグチがギリギリ届かない場所のことを言っているのだ。

二見 （置いて）近すぎるか？　届いてしまうか？　あぶね、あぶね。（と遠ざける）

カワグチ あんた、ホントに面白い人だな。

二見 ……

カワグチ 思い出すよ。言ったろ？　子供の頃からのダチ公でヒロノブってのがいたって

二見 ……ホントに似てるんだよ。

カワグチ 知らねえんだよ、オレは。そのヒロノブなんてヤローは。

カワグチ そりゃそうだよ。オレのダチ公だった奴だから。

土居 なんだ、そんな話までしてるのか。

二見 いいや、こいつが勝手に話しただけで。

土居 （笑って）勝手に……！

二見 だいたいおかしいんだよ、こいつが言ってることは！　そのヒロノブってヤロー、引っ込み思案だったくせに、いつもニコニコ笑ってたって！　おかしいだろ！

カワグチ 笑ってたよ。

二見　引っ込み思案がなんで笑うんだ！
カワグチ　そりゃ知らねえよ。
二見　いいかげんなこと言うなよ！　ニコニコ笑うのは、引っ込み思案じゃないからだろ！
土居　笑うよ、引っ込み思案だって。
二見　たまにはね、たまにはでしょう!?　こいつはいつも笑ってたって言ったんですから。
カワグチ　いつもなんて言ってないよ。
二見　言ったろ！　いつもとか、そういう言葉つかったろ！
カワグチ　いつも……。
二見　ああ！
カワグチ　(考えて) ……なにかにつけ？
二見　それだ！　なにかにつけ！　ほぼいつもだろ！
リン　どうでもいいわよ、そんなこと。
二見　いやいや、似てるって言うんですから。そいつが、オレに。
リン　じゃあ、似てるんでしょう。
二見　オレは引っ込み思案でもないし、いつもニコニコ笑ってもいない。そんなのむしろ一番なりたくない人間ですよ。

この間に水を飲もうとしたカワグチが水まで届かず、苦闘……してるかと思いきや、まったく動いてない。

期せずして三人、それに気づく。

二見　言えよ、似てねえって……。そしたら、その水、近づけてやるから。

カワグチ　似てるよ。

二見　（つかみかかろうとする）

土居　（それを制して）……他に特徴はねえか？　そのヒロノブってヤローは……。ちょっとでもうなずけるもんがあったら、こいつだって納得するかもしれないじゃないか。

カワグチ　……

土居　（二見に）あきらめるか？

二見　何を？

土居　だから、似てるんだよ……。

リン　ヒモ、はずしなよ。

二見　え？

リン　たぶんいないよ、そのヒロノブって奴は……。いることにしたくなったってだけのことよ。

カワグチ　いやいや、ホントにいたんですよ。

リン　って言いたくなったあなたがいる……、そういうことでしょ？　そしてあなたはしだいにこう思いはじめる。「待てよ……ホントにいたんじゃなかったかな、こんな感じの（二見）ヒロノブって男が……」。

カワグチ　ハハ……。

リン　せっかくそこに水を置いたのに、必死にそれに手をのばそうとしないのならさ、ヒモをはずして、自由な体で飲んでもらいましょうよ。

二見　いないのかホントに、ヒロノブって男は？

リン　いるって言うだろうって話よ、そうだとしても。

二見　嘘をつくってこと？

リン　嘘じゃないってことでしょ、この人の中では……。だから、ヒモをホラ。

二見　……

土居　はずしなよ。

二見　いや、でも……。

土居　どういうふうにこの水を飲むのか、それを見て、ああこいつはこんなに水が欲しかったのか……って思うことにしようぜ。

土居は、自ら腰のヒモをはずしにかかる。
ヒモのはずれたカワグチが水に近づく。
と、二見がすかさず、その水を飲む。

土居　おい……。

その状況を少し笑いながら、三人から離れてゆくカワグチ。

3

カワグチ　……ちょっとガッカリしたように見えたんですよ、自分の方から言っておきながら、このヒモがとれてしまったことを……だからオレは「ああ、この人はホントはオレのヒモをはずしたかったわけじゃないんだな」って思ったくらいでした……。

三人は見えなくなり、カワグチの言葉を聞いていたのは秋生。

秋生　ホントは？
カワグチ　ええ。
秋生　ホントはってのは？
カワグチ　だから、何か他の事情があって、そんなことを言ってるんだってオレは思ったんですよ。ホントはヒモのことなんかどうでもよかったっていうか……。

秋生　実際にヒモをはずしたのは土居だったわけですね。
カワグチ　土居さん……ええ、あのカメラを持ち歩いてる……。（秋生の持ってる水を見ている）
秋生　（ので）あ、これ、よかったら。
カワグチ　あ、いただきます。
秋生　他の事情ってのは何ですか？
カワグチ　……（水を飲めず）
秋生　さっき――（言ったでしょ？）
カワグチ　ええ、わかってます。オレが言った言葉ですね……。（考えて）ダメだな、自分で言っておきながら……。
秋生　……（水を）飲んでください。
カワグチ　あ……。
秋生　女性特有の、何か感情的なこととか？
カワグチ　ちょっと待ってください……（考えて）うーん……。
秋生　だから、何て言うんだ……ちょっとその、冷静さを欠いた感情が犯す間違いみたいなことを言ってるんでしょう？
カワグチ　いや、そういう否定的なことを言ってるわけじゃなくて――

秋生　いやいや、否定とか肯定とか、そういうことを問題にしてるわけじゃない――

カワグチ　何？　間違いって言葉がマズかったですか？

秋生　ひとつ、まずひとつ言わせてください。オレは知らなかったんです。彼女があなたの恋人だってことは……。リーダーの妹だってことは知っていたけれど……。

カワグチ　……

秋生　そういうことでしょう？　あなたが言おうとしているのは。

カワグチ　……

秋生　だからその、女性特有の感情的なことっていうのは、裏にあなたとの関係があるからって、そういう意味での発言だったわけでしょう？

カワグチ　……何を言ってるんだ、あなたは……、え？　オレの中から彼女とのことに関する何かを突っつき出そうとしているのか？

秋生　え？

カワグチ　他の事情と言いながらあなたは、彼女にはオレに対して言いたいことがあったはずだって、そういうことを言いたがっているんだろう？

秋生　まさか……だから言ってるでしょう。オレは、あなたと彼女の関係など知らなかったって！

カワグチ　ならば、リンが襲われた時、それを聞いたあなたが、まずオレの居場所を聞いた

カワグチ　ってのは、どういうことだ？
秋生　居場所を？　聞いてませんよ、そんなもの。オレは、彼女が運ばれてきた時、あなたの名前を呼んでいるのを聞いただけです。あの日は夜になって穴掘りを終えて、ここに戻ってきたところだった……。のちに彼女があなたの恋人だと知って、ああ、あれは恋人を呼ぶ声だったんだって思ったんです……。
カワグチ　……
秋生　（何度か飲みそびれた水のことを）フフ、今や毒でも入ってないと面白みもないですかね……。じらしといて、結局水かよなんてね、ハハ……。（飲む）
リンは運ばれながら、あなたがオレの居場所を聞いている声を聞いていたんだ……。まるでそれは自分の心の声を代弁しているようだったとリンは言った。だからその声はわざとらしくも感じられたって……。
カワグチ　……
秋生　あの日は、夜になって、真山の母親が一人で山道を登ってきていた……。息子に会うためだ……。息子はこの闘いに身を投じる前は、チェラベークのメンバーだった……。母親にも当局の監視の目は光っていたはずだ……。その危険をおかしてまで一人息子に会いにくる母親のことは、あなただって知っていた……だろ？

しかしすでにカワグチの姿が見えない。

そして、いつしか真山の母親（登美子）がそこにいて、リュックから野菜を出している。

息子が向かいにいるが、他にも吉田、繁行、土居がいる。

真山　もういいからって言ったろ！
登美子　何がよ。
真山　来なくていいからって！　第一危ないじゃないか、こんなところまで！
登美子　（野菜を出してきて）こんなとこかな……（とリュックをはたき）どうぞ、これ。
繁行　（と野菜を差し出す）これは助かりますね。
吉田　うん……。
繁行　じゃあ、日が暮れるまで、その農家に？
登美子　……いえ、しばらく様子を見るだけのつもりだったんですけど、すっかり話し込んじゃって……。言いましたっけ？　御夫婦の息子さん、アッタの方でちっちゃいレストランやってらっしゃったんですけど、先月の空爆ですっかり店をやられちゃったらしくって……。こういうもの（野菜）だって、町に出たって売れやしないんですから。

真山 何だよ、話し相手になってもらったってことかよ！

登美子 そうですよ。あの御夫婦が今欲しかったのは話し相手なんだから。

繁行 ホントにイノシシだったんですか？　その、あとを尾けてたって……。もしそれが敵の兵隊だったら、その農家にかけこんだのだって見られてるはずだし、そのまま泳がされてることになれば――

登美子 いいえ、それはないです。見送るために一緒に山道まで出てくれた御夫婦が、足あとを見て、ああこれはイノシシだって言ってましたから。……でなきゃ私だって、こわくて一人でこんなところまで登ってこられませんから。

繁行 (吉田を見る)

吉田 (野菜を) 向こうに持っていけ。

土居 あ、オレが行こう。

繁行 あ、すいません。

土居が野菜を別の部屋に持ってゆく。
秋生は、いなくなる。

吉田　わかりますか真山さん、あなたの動きも敵の監視下にあるだろうってことですよ。
登美子　……
繁行　チェラベーク逮捕は、決して小さい事件じゃないとわれわれは見ているんです。
登美子　え、それは？　息子のことに何か関係があるってことですか？
真山　だから言ってるだろ、危ないって！
登美子　おまえは黙ってて。
吉田　面白いでしょう？　母の息子可愛さが、敵のためにパンくずを落としてゆくってことになりかねないってことですよ。
登美子　パンくず……。
繁行　パンくずです……。
真山　パンくずだよ！
登美子　息子は今はもうチェラベークとは――
吉田　関係ないと言いきれますか？
登美子　……
繁行　彼らは政権に落ちたもの、あるいは非道な政権そのものを攻撃するメッセージを伝え続けているわけですからね。
登美子　敵じゃなかったって言ってるでしょう？　私を尾けていたのはイノシシだったたん

ですよ。

吉田　ええ。

登美子　それとも私がこうして息子のもとを訪ねてくることを、そもそもそのことをキツく、何だその、とがめようとなさってるんですか!?　パンくずだなんだって妙な例え方して！

繁行　とがめてるとかそういうことじゃない。

登美子　おや、こっちから。

繁行　この状況を考えれば、今は自重することも大事だと……。（吉田に）そういうことですよね。

吉田　真山さん、こわいのは感情で動いてしまうってことです。状況が見えず読みが浅くなると、どうしても人は感情的になる。頼るものが感情しかなくなるからです。

登美子　何？　おっしゃってることがわかりません。

吉田　何かを画策しようとする人間は、相手が、この感情的になるのを待ってるとも言える……。わかりますか？　今回のチェラベーク逮捕で奴らがつかった卑劣な手。無実の罪！　これですよ、メンバーの誰も銃など持っていなかった。でもいいんです。捕まえてしまえば！　本当の狙いは、その無実の罪に感情的になってゆく人間たちの動きなんですから！

土居が（すぐに戻っていたが）、

土居　斥候《せっこう》、出てきます。

吉田　ああ。

登美子　（ひとりごとをブツブツ）……別に私は感情的になってるわけじゃありませんよ……ほっとけないだけですよ……こんな……こんな……この子はみるみるやせていくし……。（と言いつつ、バッグの中を探す）

真山　ん？　土居さん、どこ行ったの？

繁行　見まわりに。

登美子　あった……これ……（と息子の前に出して）一日三粒でいいって。

真山　何？

登美子　いいサプリがあるって聞いたから、取り寄せてね。

真山　え？

登美子　栄養補給だよ、ホラ。十二種類のビタミンが配合してあるって……。どうしても片寄るだろ、栄養から何から。おまえ、少しは考えなきゃダメだよ、体のことも……来るたびに肉が落ちてるんだよ。

真山　落ちてないって！　人を粘土みたいに言わないでくれよ！

母子の会話から繁行は離れ、

繁行 夜になるとやっぱ冷えてきますね。

吉田 ……

繁行 今日が特別なのかな。

吉田 おまえ、リンのこと。

繁行 え？

吉田 いや、いい。

繁行 リンさんのこと？

真山 そういえばリンさん、前線に出たいっておっしゃってるらしいですね。

吉田 （ニヒルに笑って）ハハ……。

真山 オレなんて、えらいダメ出し食らっちゃって、こないだの射撃訓練で。

繁行 リンさんに？

真山 うん……（ダメ出しされた技術的なことを言う）

吉田はリンの話題から離れ、登美子のところに来て、

吉田　サプリっていうんですか、こういうの。
登美子　え、ああ、サプリ、ハイ。
吉田　（繁行に）おまえ知ってる？
繁行　何をですか？
吉田　こういうの。
繁行　あ、サプリ、ハイ、いちおう。
吉田　サプリ、三文字だな……あれ？　アプリって言葉もない？
真山　（冗談なのか何なのか判然としないので、とりあえず）ハハハ……。
吉田　あるだろ、アプリ。
繁行　ありますね。
吉田　サプリと近い？
繁行　いえ、全然近くないですね。
吉田　近くないんだ……。
繁行　ええ、近くないです。
吉田　そか、そか……。
繁行　……
吉田　オレ、えらくない？

繁行　え？

吉田　意味を聞こうとしないとこ。オレまた同じこと言うかもしれないよ。こいつ（真山）がこれ持ってたりしたら「あれ、アプリって言葉ない？」って……。その時、おまえ「ありますね」って言ってくれる？　オレ「サプリと近い？」って聞きたくなると思うから。

繁行　大丈夫！「ありますね」言います！

登美子　どういうことなんだよ！　私、全然わからないよ！

吉田　ホラ、聞くよな普通。こうやって……。何だろう……聞いてガッカリってのがきっとこわいんだな……。あ、それか、おまえがさっき、こわいって言ってたの。

真山　え？

吉田　こわい、こわいとか言ってなかった？

真山　あ、ハハハ……。（言ってないんだけどなあ）

吉田　繁行、ちょっと保健室に来い。

吉田、繁行を連れて引っこむ。

真山　香水なんかつけてくるなよ、こんなところに。

登美子　……（黙ってサプリをバッグに戻そうとする）
真山　（ので取り返して）いいよ、それは、飲むから。これだけは！
登美子　……（何？　隠れて？）
真山　堂々と飲むから。
登美子　……（これみよがしに？）
真山　普通に飲むよ。
登美子　……
真山　母さん、カイトたちのことむやみにしゃべっちゃダメだよ。
登美子　わかってるよ。だけどね、おまえはもうチェラベークとは関係ないんだよ。
真山　ないことないだろ！
登美子　いいんだよ、関係ないで！
真山　同志だろ、あいつらは！
登美子　だけどおまえ、あんな簡単に捕まるようなことして！
真山　仮設のステージで歌ってただけだろ！
登美子　銃を持ってたんだよ。メンバーの誰だか知らないけど。
真山　でっちあげだろ、そんなの！
登美子　言い切れるかい、そう。

真山　それがあいつらのやり方じゃないか。
登美子　……
真山　何だよ。
登美子　言い切れるかって聞いてんだよ。
真山　え？
登美子　私はね、この頃思うんだよ。何でもかんでもそうやって向こうが悪いって決めてかかるから、いつまでたってもこうやって！
真山　悪いだろ、悪いに決まってるじゃないか！　あいつら国を守るためとか言いながら、国を売り渡すようなことしかしてないんだよ。オレたちから徴収した税金も、国を売り渡すためにつかってるんだよ！
登美子　だって、ああやって私たちが住んでるところを攻撃することが政府軍の目的じゃないはずなんだよ！　そうだろ？　他の何かがあるんじゃないのかい!?　悪いことは言わないから、こんなところにいないで……ね、まさとし。
真山　ちょっと待てよ、何だよ母さん。オレたちのことを否定しようとしてるのか!?
登美子　してないよ。わからなくなってるんだよ、私も。だって、なんで私たちが住んでるところをああやって攻撃しなきゃならないんだよ。同じ国に住んでいながら！
真山　……

登美子　こないだね、ガレキの脇にダンボールで囲った……あれは寝るためのもんだったのかね、中に蒲団が置いてあったんだよ……その蒲団を銃の先っちょで、こう持ちあげてる政府軍の兵隊がいたから、よーく見たら、あの子だったんだよホラ、中学ン時、おまえと自転車旅行をするって言って自転車乗りまわしてた子いたろ？　何て名前だったかな。髪がちぢれっ毛でさ。

真山　やめてくれよ、同級生の話なんか！

ここに穴掘りを終えた二人の捕虜（カワグチ、タニ）が、二見と石川に見張られて来る。

登美子は「お邪魔してます」という感じで、立ちあがり、頭を下げたりする。

二見　ん？　吉田さんは？

真山　えっと……。

登美子　あ、なんか保健室に……。ホラ、弟さん、あの人と。

二見　繁行？

登美子　そう、その繁行さんに「ちょっと保健室に来い」なんて言って……。

二見　へえ……。

真山　オレ、報告してきましょうか。
二見　いや、いい。
真山　あ……、ハイ。

校庭の方で工具を洗ったりしているカワグチとタニ。
それを見ている石川。

石川　（タニに）だけどおまえ、よく知ってたな、あの唐揚げ屋、もう二年前に店じまいしてんだぞ。
タニ　ハア……。
真山　何？
石川　いやホラ、オオウラの市場《いちば》の端っこに唐揚げ屋さんがあったの知ってます？
真山　ああ、婆さんが一人でやってた、その場で揚げてくれる……。
石川　そうです、そうです。あそこを知ってるって言うんです。
真山　（タニに）なんで知ってんだよ。
タニ　中学ン時、たまに行ってたんですよ。塾の帰りとか、友だちと。
真山　塾!?　河合か？

タニ　いえ、地元の……。
真山　ああ、あっちか……
石川　そういえばいたな、塾帰りみたいな奴らがよく……。
二見　石川、おまえ、報告してきてくれるか。
石川　オレがですか……。あ、ハイ。
二見　ちょっと待て……。やっぱいいや。
石川　（二見がためらってるので）別にオレはいいですけど……。
二見　変だろ、おまえが行くの……。（皆、意味がわからなそうなので）いや、リーダー、この頃、不条理だから。わけのわかんないとこで怒り出すし……。
石川　たぶん、リンさんのことがあるからだと思うんですけどね。
二見　うん……秋生さんとの連絡もあえて自分の方からとろうとしないで、何かと言えば土居さんとかに「連絡あったか」とか言ってな……。
真山　そうですね……。
二見　そのくせ、秋生さんから直接連絡あると、すごく喜んでるの、わかるしね。

登美子は水場にいたカワグチに、ぬれた手足を拭くためのタオルを人知れず差し出していた。登美子とカワグチの間で「これ」「あ、どうも」の小声での会話があるが、皆さほど気にもとめない。

タニ　（タオルが登美子に返されたので）すいません、オレにもいいですか？

登美子　あ、ハイ、どうぞ。

真山　（登美子に）何してんだよ！　余計なことしないでくれよ！　（いきなりタニに対してキレて）てめえ、ふざけてんじゃねえぞこのヤロー。

二見　何したの？

真山　今、タオルを……こうやって、手のばしてんですよ。

二見　（銃身でなぐる）てめえな、穴掘ってる時も、なんか知らねえ、歌うたってたろ！　わからせてやるか？　あ？　てめえの立場ってものを！

タニ　ちょっと待ってください。歌は、だって……。

二見　だって何だ？

タニ　……

カワグチ　すいません、オレの方からちゃんと言っておきますから。

二見　救急箱ありませんかとか言い出すぞこいつ。

タニ　……

二見　何だよ、その日は。

真山　教えてやるよ。市場の中にあった唐揚げ屋な、あの婆ちゃんが亡くなったんで続かなくなったんだよ……。婆ちゃんはな、孫と一緒に海を見にいこうとして、大通りを避けて、わざわざ遠まわりしてる時に、てめえらの空爆にあって、ガレキの下敷きになって死んでしまったんだよ！　休みの日だったたよ、その日は。市場が！

二見　何も思わねえんだろうな、おまえらは……え？（カワグチに）あんたもだよ！

登美子　同じよ、思うことは。だって同じ人間だもの。

二見　……こういう意見もあるんだよ。

カワグチ　……オレら捕まった時、ああこのまま殺されるなって思いました。殺される前にオレ、抵抗するかなって思いましたよ……抵抗してるところをちょっと思い描いたりして……そうやって自分が死ぬってとこから少しでも遠ざかろうとしてたんでしょうね……。

全員　……

カワグチ　だから、殺し合いをしてるんだって思わないことにはやってらんないってことですよ、オレら兵隊は。それ以上のことを考えちゃダメです。

二見　やっちまえばよかったたってことか、あんたらのことを。

カワグチ　（少し笑う）

二見　（ので）笑うところじゃねえだろ！
石川　それ以上のことを考えてるってことじゃないのか、リーダーは。そしてオレたちは！
真山　リーダーの指示で、あんたらは生かされたんだよ。
タニ　そして穴に埋めるために穴を掘らせてるって？　よっぽどひどいぜ、あんたらのやってることは！
カワグチ　（タニを制するように）だから、穴は、ヘリを埋めるためのもんだって……。聞いたろ？　そのためにヘリの解体が続いてるんじゃないか。オレたちの乗ってたヘリの解体が。そういうことですよね？

皆が、外に何か物音を聞いた。

二見　何だ!?
二見　（捕虜二人に銃を向けて）動くな！　動くなよ！
石川　（音のした方に向かう）……

真山も教室内のある場所から武器を取り出し、構えようとするが、ふと、

真山　（登美子に）尾けられてたんだ……、尾けられてたんだよ！　だから言わんこっちゃない！

二見　（石川に）何か見えるか？

石川　いや……。

繁行、そして吉田が来た。

二見　聞こえたか？

繁行　ああ……動物の鳴き声にも思えたけど……。

真山　（吉田に）すいません！　尾けられてたのかもしれません。

吉田　繁行。

繁行　ハイ。

繁行、石川と共に、音のした方へ。
皆、固唾をのんで——
やがて、二人の声がする。

石川の声　リンさん！
繁行の声　大丈夫ですか？

ざわめく彼ら。
石川が戻って、

石川　たいへんです！　リンさんが！　こっちです！

皆、そっちへ向かう。
タニがこの時とばかりに逃げようとする。

カワグチ　タニ！
タニ　え？
カワグチ　動くな！

一瞬止まったタニ。
そのカワグチとタニの様子を見ていた石川、そして登美子。

タニが、もう一度逃げようと走り出した時、石川が銃をぶっぱなす。

カワグチ　！

登美子　！

倒れこむタニ。

リンを運んでくる繁行、二見、真山。

吉田は錯乱気味で。

吉田　つかまってろ、リン！　二見、保健室だ！　ベッドも用意しろ！

二見　ハイ！

リン　秋生さんは？　ねえ、秋生さんは？

吉田　ゆっくり、ゆっくり運べ！

真山　（タニの死体を見て）何だ？

石川　逃げようとしたんだ。

繁行　逃げようとした!?

リン　（カワグチを見て）何を言ったの？　今、その人は……。

吉田　（タニの死体に気づき）え？
石川　逃げようとしたんです。
リン　何を言ってるのよ、その人は。
カワグチ　……
繁行　リンさん、つかまってください！
登美子　どうしたのよ！
繁行　襲われたようです。
登美子　誰に？
二見　こっちだ！

4

リンが運ばれた方から秋生がゆっくりあらわれ、床に置いてある荷物を持つ。
吉田があらわれたので、持った荷物をまた床に置く。

吉田　オレの目が行き届いてなかった……。すまん、このとおりだ。
秋生　いえ、オレがもうちょっと早く帰っていられれば……。
吉田　そんなことじゃない……。お、おまえは務めを果たしてたんだ。そんなことじゃない……。あ、荷物を運ばせよう。
秋生　いえ、大丈夫、自分で運びますから。
吉田　……
秋生　しかし、敵兵じゃないとすると、いったい誰が……。通りがかりの者ですか？
吉田　まだ敵兵じゃないとも言いきれない……。（タニが撃たれたあたりを見て）混乱に乗じて逃げようとした……あれはどういうことだったのか……カワグチはそれを

秋生　止めたんだ……。
吉田　カワグチは今は？
秋生　二見を見張りにつけてる。
吉田　……
秋生　おかしなもんだな、こうやってしばらく一緒にいると、敵も味方に見えてくる。
吉田　誰のことですか？
秋生　カワグチだよ。
吉田　危険だな……。
秋生　ハハハ、確かに……。

秋生、椅子に座る。

吉田　疲れたろ。
秋生　ええ、やっぱりこの山道は……。
吉田　だからふもとまで車を出すって言ったんだ……。
秋生　町は……タジマまでの国道は完全におさえられています……。破壊行為は今や、すべてわれわれの仕業だと思わせようとしています……。先日キチセであったテ

ご購読ありがとうございました。
今後の資料とさせていただきますので
アンケートにご協力をお願いいたします。

voice

お買い上げの書名

ご購入書店

市・区・町・村　　書店

本書をお求めになった動機は何ですか。

- □新聞・雑誌などの書評記事を見て(媒体名
- □新聞・雑誌などの広告を見て
- □友人からすすめられて
- □店頭で見て
- □ホームページを見て
- □著者のファンだから
- □その他(

最近購入された本は何ですか。(書名

本書についてのご感想をお聞かせ下されば、うれしく思います。
小社へのご意見・ご要望などもお書き下さい。

ご協力ありがとうございました。

おそれ入りますが、
切手を
お貼り下さい。

読者ハガキ

151-0051
東京都渋谷区千駄ヶ谷3-56-6

(株)リトルモア 行
Little More

ご住所 〒

お名前(フリガナ)

ご職業

□男 □女 才

メールアドレス

リトルモアからの新刊・イベント情報を希望 □する □しない

※ご記入いただきました個人情報は、所定の目的以外には使用しません。

吉田　ロ、あの時使われた催涙ガスには以前はあったメイドインがない……製造元が書かれてないんです。どの国のものかわかれば、政府の仕業だってわかるからです。

秋生　今度の選挙をにらんでのことか……。

吉田　……どうしてこう、試されているような気持ちにさせられるんだ！

秋生　司令官からも、ここを移動した方がいいかってことに対する指示が未だに来ない。長いんですよ、一日が……。

ここに田中が来る。

吉田　ん？　目が覚めたか？

田中　（うなずく）秋生さんのことを言ったら、起きあがろうとするから、今、私が呼んでくるからって……。

秋生、行こうとする。

吉田　多岐川！

秋生　ハイ！

吉田　……（何か言いたいが）ありがとう……。

秋生、出てゆく。

田中　ん？　石川くんは？

吉田　さあ……。

田中　あの子にはお礼言わなきゃ……。送ってくれたり、迎えてくれたり……。

吉田　……フフ……。

田中　何？

吉田　いや……、思い出してた……。

田中　何を？

吉田　あいつを……多岐川を……住む家がないからって、しばらくうちに泊めてやってる時のことだ……。リンは窓の外の物干しのところで鳥にエサをやるのが習慣だった……鳥もエサがもらえるとわかってるから、毎朝やってくるんだ、その窓のところに……。ところが多岐川がそれをやめてくれって言った……。飛行機が飛んできてるような気がするからって、居候のくせにそう言ったんだ、ハハハ……。

田中　えー、飛行機？

吉田　うん……そしたら次の日から、リンはエサをやらなくなった……。

田中　で？　あなたは？　それに対して。

吉田　オレ？　オレは何も言わないさ……。オレが口なんか挟んでみろ、話がこんがらがってくるだけだろう。

田中　……フフ……。

吉田　いや、思い出したのは――

田中　いいわよ、言い訳なんかしなくたって……。

秋生とリンが来る。

リン　大丈夫よ、一人で歩けるから……。

秋生　無理することはないよ、ホラ、つかまって……。

吉田　悪いな、おまえが目覚めた時、多岐川を目の前に置いておきたかったんだが、ちょっと、かりてた……。

リン　何それ。

吉田　ハハハ……。

秋生　こっちに来たいって言うから。

リン　兄さんは？　って聞いただけでしょ？
秋生　そう？
リン　そう？　って……そうよ。
秋生　ホラ、座って。
リン　ありがとう……。（座る）
田中　今ね、思い出話を聞いてたの……。
リン　何？　思い出話って。
田中　鳥にエサをあげなくなったって話。
リン　ああ……。（とむしろつまらなそう）
田中　だって、そうなんでしょ？
リン　（吉田に）つまらないこと言わないで。
吉田　思い出したんだからしょうがないじゃないか。
リン　思い出しただけじゃないでしょ。それを口に出してしゃべったってことでしょ、問題は。
秋生　そんなにつっかかることはないじゃないか。
リン　しょうがないなんて言うからさ。
田中　（行こうとする）

吉田　（ので）何？
田中　何か、掛けるものを……。
秋生　あ、すいません。

田中、出てゆく。

吉田　話をふるだけふって逃げてったよ。
秋生　田中さんにもずいぶんお世話になったみたいで……。
吉田　今度のことではね……。女手の方がいいって場合もあるってことだ。（リンに）なあ。
リン　……
吉田　あいつ、交換条件もってきやがった。看病するから保険に入りなさいって。
秋生　保険？　何ですかそれ。
吉田　保険会社で働いてんだよ。あいつ。
秋生　いや、それは知ってますけど。
吉田　しつこいんだ、勧誘が。
秋生　保険に入れって？

吉田　そう、そう。いや、断ってるよ、オレは。
秋生　へえ……。

毛布のようなものを持ってきた田中。

吉田　（それを見て）早いな。
田中　どういう意味？　あ、リンさん、これ掛けるといいわ。
リン　どうも。
田中　ふーッ……、何だか、おなかがすいちゃった……。（吉田を見て）冷たい目で見られると私、おなかがすくのよ……。
吉田　（鼻で笑う）……
田中　なーに？
吉田　そうだ、野菜があった……真山の母親がもらってきた……。

期せずして吉田と田中が、秋生とリンを見た。
ちょうど、秋生がリンに気づかいを見せているところだった。
例えば、「バカだな、こういう風に掛ければいいじゃないか」「バカって言わないで」とかの言葉をともなって。

田中　どこにあるの？　その野菜は。
吉田　ん？　野菜？　こっち。

二人、秋生とリンを二人きりにするために出てゆく。

リン　兄さん、喜んでる。私がこんな目にあったのに。
秋生　そんなことないだろ。
リン　……
秋生　そんなことあるわけないじゃないか。
リン　（急に泣いて）
秋生　リン……。
リン　（秋生の腕にすがって）私、寂しかった……！
秋生　ああ……わかるよ。
リン　わかるって、どういうふうに？
秋生　オレも寂しかったから、オレと同じようにってことだよ。

リン　あなたも寂しかったの？　ホントに？
秋生　何を言ってるんだ……。（と微笑む）
リン　（その顔を見て）こんな間近に、あなたの唇がある……。（指で触る）
秋生　フフ……くすぐったいな……。
リン　（ならばとばかりに唇で唇を触る）
秋生　……
リン　くすぐったくない？　これなら。
秋生　ああ……。
リン　フフ……。教室でこんなことしてると、誰もいない放課後に、いけないことしてるような気にならない？
秋生　必死に言い訳するよ。オレたちは寂しいんですって。
リン　見まわりの先生に？
秋生　ああ。
リン　許してくれるかな。
秋生　どうだろう……。
リン　イヤだ、不安にさせないで。
秋生　だって、乗りこえるだろ、キミなら。

リン　……
秋生　何？
リン　それ、どういう意味？
秋生　え？
リン　私、乗りこえられないよ、何も。
秋生　……
リン　強がりを言うことと、その言葉どおりにできることはちがうよ。
秋生　強がり？　オレは強がりとは思わないよ。
リン　何を？　私が言ったりすることを？
秋生　ああ、だってキミは知ってるじゃないか。自分の前にどんな壁があって、それはどんな手ざわりなのか……。だからそれをキミは言葉にしようとする。壁が壁でなくなるように……。その言葉は決して強がりなんかじゃないよ。
リン　……私はずっとあなたを待ってた……待ってる間ずっと寂しかった！　言葉は何の役にも立たなかったってことでしょう!?　その間に私がどんな言葉を言ったとしても！
秋生　……
リン　もっとちがうこと言ってる？

秋生　これからは一緒にいられるだろう？

リン　ちがうの、私はあなたの言葉を誤解してないか、そのことが知りたいの。

秋生　誤解？　してないよ。

急にまわりを気にするリン。

秋生　どうしたの？

リン　……また見られてるような気がした。

秋生　え？

リン　いつも見られてるような気がしていた……。

秋生　誰に？

リン　あの捕虜よ、カワグチ……。

秋生　見られてる？

リン　何だろう、あの目……寂しいって知ってるくせに、私に寂しくないって言わせようとする……残酷だって知ってるくせに、たいしたことないって私に言わせようとする……わかる？　あの男に対して私は何か演じなきゃならないことがあるような気がしてくるの……。そんなはずないって思うから私は、自分自身に対して

秋生　腹立たしい気持ちになるの……。そしてイヤなのに、のぞきたくなるの、あの目を。
リン　……少し横になるかい？　向こうで。
秋生　もうちょっと、こうしていたい……。
リン　じゃあ、わかっておかないと、あの男は今ここにはいない……。
秋生　ごめんなさい、変なこと言って。
リン　（リンの表情を見て）まぶしいだろ、オレがこっちに立つと。
秋生　（言い訳のように）陽がそっちに傾いてるから……。
リン　（移動する）……
秋生　（秋生の動きを）思いやりってやつね……フフフ……。
リン　（いきなり）前線に出たいって言ったんだって？　吉田さんに聞いたよ。
秋生　……
リン　どうしてそんなこと言ったの？
秋生　え？
リン　どうしてそんなこと言ったのかって聞いてるんだよ。
秋生　役に立ちたいからよ、私も。
リン　役に立ちたい……。

リン　そうよ。
秋生　離れてることが不安だったんだろって吉田さんは言ったよ……。オレには納得できない言葉だった……。離れてることが不安？　そんなことが問題になるのか？　そんなことがオレたちの闘いの足かせになるのか⁉
リン　離れてることが不安、それは私の言葉じゃないわ。私、そんなことのために一緒に前線に出たいなんて言ってないもん！　もしそれが私の言葉だと思うのなら、私のこと嫌いになってもかまわない！
秋生　……
リン　そんなこと言ってない。私は……。
秋生　オレは反対した。吉田さんを安心させるためじゃない。オレ自身が反対だったからだ……。わかるよね。キミをあんな危険な場所に立たせることはオレにはできない。そういう理由からだ。
リン　……
秋生　司令官からの連絡を待つ間、あのオオウラの宿でオレはほとんど外にも出ず、窓の外を見ながら過ごした……。何日も爆撃がない日が続いたから、少しずつ通りを歩く人たちの声が聞こえてくる……。部屋の窓からは通りや建物は見えず、歩いている人たちの足音や話し声が下の方から聞こえてくるだけで、窓わくの中には空だけがあった……。一日が無事に暮れてゆく……不意に、ああ、記憶のことだってオレは思った……。しあわせというのは暮れてゆく一日に笑いかけた記憶だって……吉田さんの声が聞こえる……キミの声も聞こえる……、その窓はいつしか、オレが居候させてもらっていたあの川べりのアパートの窓にかわっているんだ……。

リン　……

秋生　だけどねリン、同時にこんなことを感じ始める……そうか、記憶というものが、人を臆病にしてゆくんだ……記憶というものがオレから勇気を奪ってゆくんだ……。わかるか？　今のオレが自分のことを臆病だと感じるわけが。キミをこんな目にあわせた奴に復讐したい、そう思うからさ……。そう思う時、オレは見放されてるのを感じる。何かに確実に見放されてるんだ！　そんなことのためにおまえはこの闘いに身を投じているのか、恋人を襲った奴に復讐したいと思うことは、おまえ個人のことにすぎないんじゃないのか？　……記憶はあのアパートの夕暮れに帰ってゆく……。あのしあわせをたぐり寄せようとしている自分に気づくんだ……。復讐などと言いながら、おまえはあの記憶に帰っていこうとしているだけじゃないのか？

秋生はすでにリンの姿が見えないことに気づく。

秋生　……

振り向くと、そこにカワグチがいる。

5

カワグチ　もう一度言いましょうか、オレはあなたがどこにいるかなど、聞いてはいないんです。

秋生　……

カワグチ　というより、なぜ彼女はそんな、聞きまちがい？　……聞きまちがいをされたのか、そのことの方が……いや、というより、二人の共同作業だと考えた方がいいですか、この聞きまちがいは。

秋生　共同作業？

カワグチ　ええ、だって恋人同士ですから。

秋生　……

カワグチ　つまり、あの時彼女の中にあったのは、あなたを求める切実な気持ちだった……。そして、あなたはそのことを知っていた。

秋生　なるほど……。

カワグチ　なるほど？
秋生　フフフ……。
カワグチ　え、なるほどって？
秋生　それがあなたの中の〝何か他の事情〟というやつか……。
カワグチ　え？
秋生　そんなふうに解釈すればいいってことをあなたは言ってるんだろう？
カワグチ　え？　え？　え？
秋生　あなたは恋を成就させたがってるようだ……もしやそれは、成就しなかった恋の言い訳となることなのかもしれない、つまりそれがあなたの中の〝何か他の事情〟ということだ。
カワグチ　ちょっと待ってください。オレがその〝何か他の事情〟という言葉を使ったのはオレのここに巻かれていたヒモを彼女が取ったということに関してですよ。
秋生　そうですよ。
カワグチ　今言うその聞きまちがいとは――
秋生　同じですよ、言葉の真意を探るという意味では。
カワグチ　ならば、オレのここからヒモを取った彼女の〝何か他の事情〟とは何ですか？
秋生　それはあなたが使った言葉だろう！

カワグチ　ええ！　でも今や、あなたにも、それを解釈することができるってことでしょう!?

秋生　それは、あなた自身の事情を掘りおこすってことにもなりますよ、いいんですか、それでも。

カワグチ　オレ自身の事情……、フフ……、それは聞いてみたいな……。

秋生　……最後はあんたが一人で掘り続けることになった穴に解体したヘリを埋める作業が終わった日、われわれは祝杯をあげた……それは同時にタニをとむらった日だと言ってもよかったろう……。

校庭の方から、土居、石川、二見、真山がはしゃぎながら出てくる。
真山がタニになって走ってくるのを、

石川　タニ！　動くな！　（銃を撃つ真似）バーン！

真山　わーっ！

と倒れる。

二見　(かけ寄って) 大丈夫か、タニ！
真山　大丈夫じゃないです！
二見　何か言うことはないか？　おまえ、死ぬんだぜ、何か言い残すことはないのか!?
真山　一度でいい、フランスの女を抱きたかったァ!!
土居　(ひっぱたいて) アホ！　もうちょっと何かないのか？
真山　一度でいい、神社の巫女《みこ》さんと——
土居　もういい、もういい。だいたいおまえ、敬意が足りない、死者に対する敬意が！
石川　(二見に) タニ！　動くな！(と言って、撃てと目くばせ) あいつ、こうしたからね、だからオレは撃ったんだよ。
二見　カワグチ？
石川　そう、そう。
二見　仲悪かったからな、あの二人。
土居　ちょっと……、これ、あいつの血じゃねえか？
二見　あ、ホントだ……。
土居　草にへばりついてる……。
二見　ってことは、まさにここだったってことか……。
真山　あいつ、どういう奴だったんだ？

石川　え？
真山　いや、さっきさ、何か言い残すことはないのかって言われて、ちょっと考えたんだよ。あいつ、どう言うんだろって。それって、あいつがどういう奴だったかって考えることでもあるだろ？
石川　ああ……。
真山　何か思いつく？　おまえ。
石川　何を？
真山　だから、あいつが最後に何か言い残すとして、その何か！
石川　オレはだって、あいつのことよく知らねえもん。
真山　だけど、あいつがさ、子供の頃、雪ダルマつくって遊んだって話をしたっておまえ言ってたじゃん。
石川　いや、それは聞いたけど……。
土居　何？　あいつ、雪国の出だったの？
石川　みたいスね。
土居　へえ……、どこだろ。
二見　どっか、北陸でしたね。
石川　（真山に）だけど、もう一度雪ダルマつくりたかったァって、そりゃないだろ。

真山　いや、わかんねえよ、雪ダルマ、うなされるほど好きだったかもしんねえし。
石川　うなされるって！　ハハハ。
真山　ハハハ。
二見　ハハハ。
土居　北陸のどこだよ！
二見　え？
土居　どっか北陸はねえだろ、北陸のどこだって聞いてんだよ。
二見　どこだったかな……。
土居　金沢？　富山？　石川県？　富山県？　どっちだよ。
石川　ん？　オレ、石川って名前だけど。
真山　関係ねえから、それ。
土居　思い出せるだろ！　金沢とか！　富山とか！　それくらいは！　(石川に) くだらないこと言ってんじゃねえよ、おまえも！
石川　あ、すいません。
土居　いや、金沢だったらオレ、一度行ったことあるからよ……、ちょっとしたダチ公がいてな……。いいとこだったよ、金沢……。
二見　あ、金沢だったかな……。

土居　おまえは……（二見の脇腹を銃でつついて）金沢じゃねえだろ、それ。
二見　（つつかれて嬉しそうに）ちょ、ちょっと待ってください……。
土居　通用しねえぞ、オレに二枚舌は。
秋生　島根だよ、あいつは。
土居　秋生さん……。
秋生　松江城のお堀のまわりでよく遊んでたって言ってた……。
二見　北陸じゃなかったか……。
石川　でも雪ダルマつくってたって。
真山　願望じゃねえか？　願望！
石川　いやあ、なんか年中雪ダルマつくってたって印象だったけどな……。
真山　願望だよ、願望！
二見　うるせえな、願望、願望って。

秋生がビールを出してやったのを、

土居　（皆に）ホラ、取れよ、一人ずつ、（秋生に）え、そんな話したんですか？　島根の出身だとか。

秋生　ああ、したね、他に話題もないからさ。

二見、石川、真山、それぞれ「いただきます」と言いながらビールを取る。

秋生　穴を掘っている時にさ、こんなものが出てきましたって、あいつがこんなちっちゃいビンを持ってきたんだよ、中に紙キレみたいなのが入ってる……、あれだったんだよ、ホラ、タイムカプセル？　〝二十年後の私に〟とか書いてあるやつ……。この小学校の生徒のやつだったんだろうな……。で、そう言えばオレも小学校の時、書きましたとか言うからさ、どこの小学校だとかいう話になって、島根県だって言うから、じゃあこれはおまえのじゃねえなって……。

土居　へえ……。

秋生　（みんなビール持って待ってるので）あ、じゃあ、乾杯だな、ホラ、二見。

二見　あ、ハイ、じゃあ、僭越ながら。えー急ピッチで進めてまいりました、ヘリの解体と穴掘り、今日、無事、すべての作業を終えることができました。ヘリはあとかたもなく穴の中に埋められ、敵軍の兵士二名がこの山に迷い込んだ形跡そのものが無きものにされたと言えるでしょう。途中、捕虜の一人が不慮の事故で残念な死を迎えましたが――

土居　もういいよ、早くやれ。
二見　あ、ハイ。じゃあ、お疲れ様、乾杯！

それぞれ、口々に「乾杯」と言いビールを飲む。
そして拍手。

土居　なげえんだよ、おまえは。
二見　すいません。任されるとどうしても……。
石川　え、そのタイムカプセル、何が書いてあったんですか？
秋生　なんか面白かったんだけど忘れちゃったよ……確か「お金持ちの奥さんになってるでしょう」とか、そんなこと書いてあったな。
石川　あ、女ですか。
秋生　女って、女の子な。
石川　ああ、まあ、小学生ですからね。
二見　え、それ、どうしたんですか、その手紙は……。
秋生　また埋めた……。
二見　また埋めた!?

秋生　捨てるのにしのびなくてな、どっかそこらへんに埋めたと思うぜ。
二見　ハア……。
真山　そういえば、タニってヤロー、穴掘ってる間中、これは自分たちを殺して埋める穴だろうって言ってたって……カワグチにそう言ってたらしいぜ。
二見　らしいな。
石川　うるせえって言ってたよ。
二見　何が？
石川　だからカワグチが！　タニが始終そんなこと言うからさ！
二見　（深く悩んだように）そうか……そうだったかあ……！
土居　（それが気にさわり）何だよ！
二見　いやあ……北陸だとばっかり思ってたな……島根だったとはなあ……！
真山　島根が北陸だったらよかったな……。
土居　わけのわかんねえこと言ってんじゃねえよ！

繁行が来る。

土居　何？

繁行　真山さん。
真山　何？
繁行　リーダーが。
真山　オレ？

真山、呼吸を整えると、そのまま行く。

繁行　あ、いいですね。（とビールのこと）
土居　何なの、真山。
繁行　あ、いや、オレには――
土居　何言ってんだよ、空気変えといて！
石川　しかも居残ってるし、自分だけ。
土居　（秋生に）何スかね。
秋生　うん……。
土居　（繁行に）だいたい、なんで乾杯に参加してくんねえの？
秋生　いや、オレが言ったんだよ、こっちでやっときますからって。
土居　乾杯をですか？

秋生　そう、そう。
二見　（繁行に）飲めよ、おまえも。
繁行　じゃあ、（ビールの栓をあけ）穴掘り、穴埋め、お疲れ様！

皆、それぞれに持ってるビールをダラダラとかかげる。

秋生　いや、真山のおふくろのことでさ……。
土居　え、今日も来てるんですか？　（繁行に）え!?
繁行　……ハイ。
土居　真山、ひとことも言ってねえじゃん、そういうこと。
繁行　言いにくいんじゃないかと思いますよ。今日もおふくろが来てますなんて。
石川　言いにくいっていうか、さっきまでの態度だと、オレたちのことダマしてるってことにならね？　みじんも感じさせてないもん、そういうこと。
土居　来てるんだ……。
二見　（秋生に）え？　いくら何でも頻繁すぎるってことでしょう？
秋生　そうだな……。特にオレが何か言ったわけでもないんだが……。
二見　でも、みんな感じてることだからな。

土居　どっちなんだ、子離れができてないのか、親離れができてないのか。
石川　（繁行に）で、今は、どういう話になってるの？
繁行　何が？
石川　何がじゃないよ。吉田さんは、真山のおふくろにどういうこと言ってるのかって！
繁行　いや、だから注意してるっていうか。
土居　注意！
繁行　ちょっと待ってください！　オレの言葉がおかしいかもしれないです。注意っていうと、注意して終わりって感じだから。ちょっとちがうか……。
秋生　敵の監視下にあるんじゃないかって、そのことを問題にしてるわけだろ、リーダーは。
繁行　そう、そうです。チェラベーク逮捕のあと、彼らとの面会を要請したりしていたこともあるし、それに……。
土居　それに何だよ。
繁行　リンさん襲ったのも敵兵じゃないかって疑いがまだ……。
土居　だったらこんな悠長な日が続いてるわけねえだろ！　だってその後、何もないんだぞ、敵からのアクションは！

二見　（秋生に）リンさんはもうだいぶ？
秋生　うん……。
土居　（二見に）何？
二見　あ、いや、リンさんはもうだいぶ回復されたのかって。
土居　ああ……。
繁行　（二見に）田中さんがつき添ってくださってて……。
二見　そう……。（とうなずいたりして）
土居　（秋生に）すいません。
秋生　何？
土居　いや、なんか……。（繁行にどなったこと）
秋生　ああ……。

繁行が土居にどなられた時、はからずも床に落とした小物（例えばペンのキャップのようなもの）を石川が拾って、

石川　これ。
繁行　あ……。

石川　さっき落とした……。
繁行　サンキュ。
二見　（携帯が鳴った）あ、ごめん。
　　　と皆から離れてゆく二見。
石川　（繁行に）これ？（と小指を立てて）
繁行　だと思いますよ、即行出るってことは。
石川　ホントにいるんだ……。
　　　その二見に向けてカメラのシャッターを切る土居。
石川　（それを）ハハハ……。
秋生　敵は今、むやみにアクションを起こさないだろうな……。今は、チェラベークを釈放することもできない、というのがホントのところだと思う。
繁行　逮捕したこと自体の意味を国民に説明することができないからですね。
秋生　ああ……もともとが民意に添わぬことをやってるんだ……。今はこっちからのアクションに、反抗のための反抗にすぎない、ただの破壊行為だと言い放つ機会をねらってる……そういうことだろうな……。

繁行　ええ……。

秋生　（急に話題を変えるべく、あたりを見まわして）この学校ってさ、夕陽が差す頃、やたらキレいじゃない？

皆が、今は夕陽差してないし……の反応で。

秋生　あ、今はちがうよ、夕方のこと、夕方のことだよ。西陽がこう林の中をぬけてきてさ……当時の小学生たちもそんなこと思ったりしてたのかな。

石川　小学生ですからね、思うっていうより感じる程度じゃないですかね。

秋生　ああ、年齢的にね……。（皆の様子に）あ、ゴメンゴメン、急に夕方のこと思い出して……。

土居　ま、放課後ですよね。

石川　そういうことになりますよね。

秋生　え、いいの？　その話題で……。オレ思いついたから口に出しただけなんだけど……。

皆、顔を見合わせるようにして、ヘラヘラと笑う。

秋生 だけどさ……、あ、ゴメン、また話もどるかもしれないけど……例えば、仮にこの石川がさ、すごい悪いことしてる奴だとするじゃない。

石川 え、オレがですか。

秋生 だから仮にって言ってるだろ。

石川 ええ、仮に、はい。

秋生 なにしろ悪い奴なのよ、あっちこっちで悪いことしててさ……。でもな、オレが、すごく落ちこんでる時にさ、こう、肩に手なんか置いてさ、「秋生さん、散歩にでも行ってきたらどうですか」って言うとするじゃない？　そうすっと、この石川はオレにとって、すごくいい人だってことになっちゃうからね、そういうことでしょう？

石川 その前にオレは、あっちこっちで悪いことしませんからね。

秋生 おまえはホントに！　（と笑いながら石川をつかまえようとする）

石川は笑いながら逃げる。

それを見て、土居も繁行も笑っているので結局、みんな笑ってる。

誰からともなく電話を終えて戻ってくる二見に気づく。
石川と土居が、その二見をからかうために校庭の方へ行く。

繁行　（その三人を見て）ハハハ……。
秋生　（その繁行に）……どうなんだ、吉田さんの様子は。
繁行　どうって……？
秋生　真山親子のことに関してだよ。
繁行　ハア……。
秋生　他のことでもいいよ、近くで見ていておまえが感じることを聞きたいんだ。

この時、校庭の方に、田中とリンの姿が。
校庭の五人は、はしゃいだ感じ。

繁行　このごろは――（と真剣に何か言おうとする）
秋生　（のを）あとでいいよ。

田中とリンが教室の方に来る。

リンは片方だけの松葉杖をしている。

リン　よっこいしょと……。（その松葉杖を脇に置く）

田中　無理よ、まだ！

リン　うるさいなあ。

田中　じゃあ、せめて、座って。

リン　座って。休んで。じっと。ゆっくり。そういうのばっかり！

田中　だって……。

秋生　少なくとも口の方は回復してるな。

田中　（笑う）

リン　笑う？

田中　嬉しいからよ。

リン　何が？

田中　いろんなことが。

二見　もうほとんど回復ですね。

リン　私の方が速いのよ、田中さんより、歩くのが。

田中　見守ってるんですよ私は、うしろから。

二見　うん、もうほとんど回復だ。
リン　私も（ビールを）いい？
石川　あ、どうぞ、どうぞ。（と取ってあげる）
リン　大丈夫よ。散歩も三日続くとあきるわね。
田中　リハビリですから、散歩じゃなくて。
二見　じゃあ、リンさんの回復に乾杯だな。乾杯！

兵士たち、その言葉に同調して――
そして、校庭の方に若者たちが行くと、教室の方には秋生と田中だけが残って、

田中　ホントによかった……、元気になってくれて……。
秋生　……
田中　え、どうしたの？
秋生　いや……、田中さんには感謝するしかありませんね。
田中　いやだ、そんな言い方。
秋生　男だけじゃ……ああやって一緒に騒いであげることしかできない。
田中　何を言ってるのよ、男は一人で充分。そばにいて優しい言葉をかけてくれる男が

一人いるだけで充分よ。

秋生　……

田中　そうやって黙るから、あなた。

秋生　黙ってるわけじゃありませんよ。

田中　そお？

秋生　そういうもんかなあと思って……。

田中　……ハハ……。

秋生　何ですか。

田中　女を不安にさせて何が嬉しいのよ。

秋生　ちょっと待ってください、え、不安に？

田中　どうして距離を置こうとするのよ、リンさんとの間に。

秋生　え、それは彼女が言ってることですか。

田中　私が感じることよ、彼女はそういうこと言わないから。

秋生　田中さん、われわれは何の屈託もない街角に生きてるわけじゃない。規律とともにある組織の一員なんだ、一人一人が！　個人的な感情を優先させていいわけがない！

田中　個人からしか始まらないわ、何も！

秋生　そう。始まりはね！　でも――

急に声を荒らげすぎた秋生は、校庭にいる者たちの手前もあって、

秋生　(田中にビールを)いきますか？

田中　ううん……。(と言いつつ手に持ったものを見ている)

秋生　(ので)何ですか？

田中　これ。

手のひらにはボタンが一個。

秋生　ボタン……。え、これは？

田中　彼女が襲われた時、相手の上着をつかんでとれたボタンだって……。

秋生　(それを見て)……

田中　私は忘れなさいって言ったの……。もう秋生さんがそばにいるんだからって……いつまでも、こんなことにとらわれているのはよくないって……だって彼女は自分の身は守ったんだもの。自分で！　あ、そのボタンしまって！

繁行が（いったん引っこんでいたが）教室の方に近づいてきたのだ。
ポケットにボタンをしまった秋生。

繁行　秋生さん、リーダーが、秋生さんを呼んでくるようにって。
秋生　あ、そ。

二人、一緒に行く。
一人残った田中さんを石川が呼ぶ。

石川　田中さん！　こっちに来ませんか！
リン　私も行くから！

開放的になった若者たちの中に入ってゆく田中。
そして、彼らは、さらに校庭の上手の方に移動してゆく。
リンは、松葉杖を取りに戻る。
それを取ってあげるために、リンを追い越して教室に来た土居。

土居　（取った松葉杖を差し出して）これ。みんな待ってますから。

リン　（秋生が行った方を気にしてて）……

土居　あ、リーダーに呼ばれたみたいですね、秋生さん。

リン　真山さんのことで？

土居　どうかな……。

リン　……

土居　でももう、ホントに治ってますね。

リン　ああ……。（私の体のことね）

土居　皮肉なもんだな……田中さんのおかげで……。

リン　皮肉？

土居　だって吉田さん、ずいぶん迷惑がってらっしゃった……。保険の勧誘がうるさいって。

リン　土居くん、ホントのこと言って。秋生さんとリーダーは何かうまくいってないことがあるの？

土居　……

リン　秋生さんから何か聞いたりはしてないの？　あなたいつも一緒にいるでしょ？

土居　いやあ、特には……。

リン　嘘よ。あなた何か知ってるはずだわ。だってオオウラにいる秋生さんとの連絡はリーダーじゃなくて、あなたがとってたんでしょ？　その頃から何かおかしかったってことじゃないの？

土居　秋生さんとの連絡はオレが、そういう役目だったたってだけのことですよ。

リン　……

土居　考えすぎだと思いますよ。……だってオレの目には、そうは見えませんから。

リン　ホントに？

土居　ええ、いつも吉田さんは、リーダーは秋生さんのこと信頼してますから。もちろんそのことは秋生さん自身もわかってますしね。だから今だってアレじゃないですか……「多岐川、おまえの意見を聞かせてくれ」とか言ってるんじゃないですか？

リン　……

土居　うまくいってないなんてことはないですよ。……そうそう、あの時はスゴかったな、……リンさん襲われたって聞いてオオウラから秋生さん戻られた時！　迎えた吉田さんの苦悩の表情っていうのかな、申し訳ないって感じ……。それでいて秋生さんのこと待ちかねていたことが如実にわかるんです。秋生さんの手をとって唇をかみしめて「多岐川……」ってそれだけ……。秋生さんも「遅くなりました」って……手を握りかえし……。オレなんかそばにいても口挟めなかったですからね……。こう……愛の圧っていうか、スゴくって……。あ、自分の手握りしめてどうすんだって、ハハハ……。

ここに真山と登美子が……。

登美子 ああ……。（と二人に挨拶）
二人 （返す）
真山 （自分から）離れてくれよ、ちょっと。
登美子 バカだね、この子は。
真山 リーダーの恩情だからね。
登美子 わかってますよ。
土居 何？
真山 今日もう山道を下りるのは危ないだろうからって、明日までここで休んでいくように言ってくださったんですよ。
登美子 正確に言えば、秋生さんの鶴の一声ってとこもありましたけど……。

道の方から二見が来た。

二見　あ、増えてる。ハハハ。
土居　え？
二見　あ、呼びにきたんですよ。みんなで写真撮りましょうって、盛りあがってて。
登美子　そう。今日は穴埋め作業の完了で祝杯をあげていらっしゃる……のよね。
二見　あ、どうですか一緒に。
登美子　いえ、私は……（真山に）あなた、行ってらっしゃいよ。
土居　リンさん、行きましょう。
リン　ええ。
土居　真山、おまえもホラ。
リン　私、すぐに行くから。

土居、真山、二見が行く。

登美子　何なの、男どもは……。かよわい女の子を残して……ねえ。
リン　……

登美子　すっかり良くなってる……。

リン　ええ、おかげさまで。

登美子　知ってる？　私ひどいこと言われたのよ。

リン　ひどいこと？

登美子　あなたを襲った奴は、この私が手招きしたようなもんだとか……私がここに来るのを尾行した奴だってわけよ。私がそんなヘマをやるわけないでしょ。……まだわからないんでしょ？　誰のしわざか。

リン　ええ……あの……。

登美子　何？

リン　鶴の一声って……。

土居　あ、リンさん！

リン　うん、今。

　　土居が迎えに戻った。

土居　すいません、先に行って。

リン　ううん。

二人、去る。

登美子　……

持っている携帯が鳴るのを感じ、サッと受信して、

登美子　ハイ……（周りを見て）大丈夫ですよ……。え、どっちから？

その言葉と同時にあらわれたカワグチ。

登美子　（見つけて嬉しそうに）こっちから……。
カワグチ　すぐに地下に戻らなきゃ。
登美子　便利ね、これ。（と携帯を照らし合わせる）
カワグチ　あなたのおかげだ……。
登美子　必要だから、私たちには。そうでしょう？
カワグチ　（笑って）聞いたことない。こんなもの持ってる捕虜なんて……。
登美子　フフフ……。

カワグチ　夢に見るんだ。
登美子　何を？
カワグチ　これが、こんなに大きな物体になってて、隠すのにひと苦労するとか。
登美子　フフフ……おかしいの、この頃。笑う時ね、こんなふうに（声をひそめてる）なってるの。普通に笑っていい時も。
カワグチ　笑おうよ。普通に笑っていい時は、普通に！
登美子　（嬉しそうにカワグチの腕をたたいて）それができないって言ってるの！
カワグチ　あ、そか、そか。
登美子　ホントにもう……。
カワグチ　（急に誰かの気配を感じたように身を隠そうとするが）……
登美子　大丈夫……大丈夫よ……。さっきみんなで向こうに行ったばっかりだから。
カワグチ　（登美子をしみじみ見て）ダメだな……。
登美子　何がよ。
カワグチ　だって、あなた、だんだんキレイになっていくじゃないか……。
登美子　要するになあに、それは。
カワグチ　憎むべきだって心の声が聞こえてくるんだ。キレイなものを目のあたりにすると……それがオレの今の立場ってことなんだろうな……。

登美子　変わるわよ、すぐに、状況は。
カワグチ　人間、キレイなものはキレイだって言わないとね。
登美子　そうよ。
カワグチ　あ、見せて、図面。かけたんでしょ？
登美子　かけたわ。

広げて見せる。

登美子　(図面を説明) ここが、その廊下の入口ね……ここがこの部屋……そして、こう歩いて、ここがリーダーの部屋……こっちが兵士たちのいる部屋……。
カワグチ　ここが弾薬庫か……。
登美子　そう。
カワグチ　よし、これを警察に持ってって、警備隊の者に渡してくれ。そこから本部にまわるはずだ。
登美子　わかった。
カワグチ　それと、息子のことはいい？
登美子　チェラベークの釈放のためにってことでいいわけでしょ？

カワグチ　そう。一緒に暮らしていたアパートの捜索に立ち会う必要があると言って、ここから連れ出すんだ。
登美子　ええ。
カワグチ　あなたの息子がいない時をねらう。ん!?（急にポケットにしまった携帯を出して）……ふるえてると思った……。
登美子　（も急に携帯を出して）やだ……私もよ……。あなたのが伝染したみたいに……。フフフ……。

急に身を隠そうとする二人。
教室の方に出てきた繁行。
その繁行を追うように出てきた秋生。

秋生　繁行。
繁行　ハイ……。
秋生　何だ、さっきの態度は。
繁行　さっきの……。
秋生　吉田さんに、下がっていいって言われた時のモノ言い、目線、歩き方！

繁行　変でしたか？
秋生　変でしたか!?　どういう意味だ、その変でしたかってのは。
繁行　……
秋生　（ひっぱたいて）どういう意味だって聞いてんだよ！
繁行　すいません！
秋生　何か言いたいことでもあるのか、吉田さんに。
繁行　……
秋生　そういうことだろ、そのあたりさわりのない言葉で我が身を守ろうとするのは。
繁行　……田中さんのこととか……。（小声すぎて）
秋生　え、何？
繁行　田中さんのこととか、オレなんか納得できなくて。
秋生　田中さんの何が？
繁行　田中さんのことって言うより、吉田さんが田中さんのこと妙にもてなしたりすることが……。
秋生　……
繁行　だって以前はそんなことなかったんですよ！
秋生　しょうがねえだろ、今はリンがああだし！

繁行　そういうことですか！　そういうことで田中さんは今、もてなされてるわけですか!?

秋生　塾の講師クビになって、飛行場で右手ふりあげてたおまえが今はそういう口をきくわけか!?

繁行　……

秋生　吉田さんに声かけられて、一年前の自分が、ただのガキに思えるって言ってたおまえが、今はそれか!?

繁行　感謝してますよ、吉田さんには！　感謝してますし、今自分がこうしていられるのも吉田さんのおかげだと思ってます——

秋生　だったら、そう思え。思い続けろ！

繁行　……

秋生　おまえがそばにいてやらなくてどうするんだ……吉田さんはおまえを見込んだ。その期待にこたえる気もなくなったとは言わせないぞ。こたえるんだよ、その期待に！　それがおまえのためでもあり、吉田さんのためでもあり、ひいては、わが軍のためでもあるんだ！　リーダーのもとに結束を固めないかぎり、軍にどんな未来があるって言うんだ！　だから、さっきみたいな態度は、二度ととるな！　吉田さんの悲しむ顔をオレは見たくない！

はしゃいでいる声が聞こえてくる。

繁行　（そっちを気にする）……

秋生　行け……一緒に祝杯をあげるんだろ。

繁行、頭をさげて、みんなの方へ行く。

秋生　……

と、カワグチが出てくる。

秋生　（驚いて）え!?

カワグチ　……さすがにオレに祝杯のお呼びはかからなかった……。

カワグチ、吉田の部屋の方へ行こうとする。

秋生　え？　どこに？

カワグチ　あ、リーダーに呼ばれたんです。

秋生　え？

吉田の部屋の方へ行くカワグチを、信じられないものでも見るように見た秋生。

ふと、視界の隅に登美子のバッグを見た……。

それに近づいて、手に取って……。

秋生　……

ヘリの音が聞こえてくる。

それは秋生の中でのみ聞こえた音だったろうか？

暗転。

6

兵士たち（土居、二見、真山、石川）が校庭を歩いていく。

土居　ちょっと先に行っててくれ。

三人が先に行き、土居は持っていた上着をそこらに置き、カメラで校庭の植物を写真におさめる。

おさめていると、秋生が来る。（秋生はリーダーの部屋から来た）

土居　あ……。（とりつくろって）

秋生　何を撮ってるんだ？

土居　心に残ったものを、なんつって……。

秋生　（撮ってたあたりを見る）

土居　（ので）ああ、見ないでください。

秋生　いや、何が残るんだと思ってさ、ここらへんに……。（と土居の胸を軽くたたく）

土居　ハハ……。

秋生　ん？　みんなは？

土居　先に行ってます。ん？　リーダーとの話は終わったんですか？

秋生　いや……。

土居　そうですか……。

秋生　何だろうな、あの人は……。

土居　……

秋生　昔はああじゃなかったような気がするんだが……。

秋生は兵士たちの部屋に入って、作業に行くための上着を着ながら出てくる。

土居　オレもどうかと思うところあるんですよ。あの真山のおふくろのこととか……なんでガツンと言わないのか……。

秋生　……

土居　なんかあるんですかね。別の考えっつうか、何つうか……。

秋生、土居の脇腹のあたりをごにょごにょとつっついた。

土居　や、やめてくださいよ！

秋生　ハハハ。

土居　何スか、もう。

秋生　よくやらなかった？　子供の頃、冗談のつもりでさ。で、やりすぎて冗談にならなくて、ケンカになったりさ。

土居　（本気っぽく）何しやがんだよ！　とか？

秋生　そう、そう。おまえ、うまいな。一瞬あやまりそうになっちゃったよ、オレ。

土居　（鼻で笑う）

秋生　おまえ……。

土居　何スか。

秋生　今、本気だったろ、実は。

土居　なわけないっしょ。

秋生　そう？

土居　……

秋生　いい？　近づいて。

土居　何てこたえていいかわかんないスよ。
秋生　ハハ……、じゃあ、適当なとこに座るか……。ん？　適当？　適切？　ま、いっか……。
土居　あ、リンさん、さっき、散歩してくるって……。さっき。
秋生　おまえ、さっきって二回も言ったぞ。
土居　言いましたね、今。ハハ……。
秋生　……
土居　もう、全然、アレですね。完治。
秋生　うん……。
土居　だけど、昨夜はのんだなあ……。
秋生　のんだな……。
土居　おぼえてます？
秋生　昨夜のこと？
土居　ええ。
秋生　何話したっけ。
土居　ハハ……、ま、そんな感じですよね。
秋生　オレはオオウラに行ってたのかァ、ってそんなこと言ってなかった？

土居　言ってました、言ってました。
秋生　ひでぇな……。
土居　何がですか？
秋生　任務だろ。
土居　ああ……。
秋生　あれ？　なんでそんなこと言ったんだっけ……。その、オレはオオウラに行ってたのかとかそういうこと。
土居　あの日、オレはここにいたんじゃないのか、とか言ってましたよ。
秋生　ん？
土居　だから、いたのに助けることができなかったんじゃないのか、とか。
秋生　助けるって？
土居　リンさんのことをですよ。
秋生　……ちがうんだよ、オレの居場所を聞いたとか言うからさ。
土居　聞いた？　誰がですか？　え？
秋生　（ちょっと考えてから）……ま、いいよ。
土居　居場所か……。
秋生　くり返してんじゃねえよ。

土居　あ、ハハハ……。
秋生　そういえば、おまえは女の話、した？
土居　オレですか？　オレはもうマッサラだって話をしました。
秋生　なんだ、ズルいじゃないか。
土居　いやいや、ホントなんスから。
秋生　おまえはいつもオレの身近にいるからな。
土居　……
秋生　どうすればいいんだ、土居！
土居　何がですか。
秋生　リンのことを恋人だって言われるたびにオレの中では、それを否定しようとする気持ちがわきあがってくるんだ……。ひと月前にはなかった感情だ……。言いたくなるんだな……「あなたが決める前に、オレが決める」って……。
土居　……
秋生　何、空見てんの？
土居　自分の気持ちに正直になればいいんじゃないでしょうか。
秋生　え？
土居　ホントに好きならば恋人だと思っていいと思うし、好きでないなら、それは恋人

秋生　ではないんですよ。
土居　思い出せないんだ。いつ、どうやって好きになったのか。
秋生　今ですよ、思い出すことじゃなくて！
土居　（怒ったように）だから、今をわかるためにだよ！　その時から始まってるんだから！
秋生　……
土居　……その時……（少し笑って）あの川ぞいのアパートだ……場所だけはわかってる……。
秋生　いいですね。
土居　何が？
秋生　思い出があるってことは……。

登美子が来た。

登美子　（二人に頭を下げる）……リーダーにお会いして、お話が……。
土居　オレ、先に行ってます。

土居、行く。
上着を忘れて。

登美子　釈放されそうなんです、チェラベークのメンバーが……。あ、こっちか……。

リーダーの部屋の方へ行く。
秋生は、それを見送ってから、土居のあとを追う。

7

セミ（琉球蟬）が鳴いている。
校庭の方を見ている吉田。
教室内の椅子に座っている登美子。

吉田　……

登美子　……フフフ……。

吉田　（登美子を見て）え？

登美子　いえ、セミがうるさいから……。

吉田　（顔を戻す）……

セミは鳴き続けている。

登美子　え？　水路を変えるって、どういうことですか？

吉田　水場までが遠いから……流れを変えて……遠くまで水をくみにいかなくていいように……水路を変えるんですよ。

登美子　……

吉田　近い方がいいでしょ、何かと……。

登美子　ええ……。

吉田　重いし、水は……。

登美子　ええ、ハイ……。

セミは鳴き続ける。

吉田　ん？　来たか？

来たのは繁行。

吉田　いた？

繁行　今、こっちに向かって……。

吉田　あ、そ。

繁行　暑いッス。外は。

登美子　（文庫本など開いていて）……

繁行　（その文庫本の表紙を見て）森鷗外ですか、スゴいな……。

登美子　あ、これ、表紙だけ……。（とカバーをめくってみせる）

吉田　そういえば、昨夜おまえらの部屋からずいぶん笑い声が聞こえてたけど、ありゃ何だったんだ？

繁行　昨夜ですか？

吉田　かなり遅い時間だったぞ。

繁行　あ、ハイハイ、十一時すぎとかそんな時間でしょ？

吉田　うん。

繁行　タイムカプセルです。

吉田　タイムカプセル？

繁行　あそこの穴を掘ってる時に出てきたらしいんですけど、秋生さんがそれをまたどこかに埋めたとか言うから、今からそれを掘り返しに行こうって話になって……あ、そのタイムカプセル、見つけたのはあいつなんですよ、ホラ、タニ！　穴掘ってる時に出てきたって……。

吉田　で何、それを掘り返しに行ったのか？
繁行　いえ、いえ、秋生さん、どこに埋めたのかまったく思い出せないって言うんですから。
吉田　じゃあ、なんで盛り上がるんだ？
繁行　なんで……なんでだったかな……。
吉田　自分たちもそういう……タイムカプセル？　そういうのやったことがあるとか。そういう話で？
繁行　……（考えている）
吉田　だって掘り返しには行かなかったんだろ!?
繁行　ええ。行かなかったっていうか、行けないですからね。場所がわからないから。
吉田　じゃあ他に何かあるんだろ。盛り上がった理由が……だってそのもの自体はそこにないんだから！
繁行　あれぇ、どういう話になったんだっけな……。
吉田　あれぇじゃねえよ。ちゃんと考えてんのか、おまえは！　ホンキで考えねえからそうやってハンパな生煮えの言葉しか出てこねえんだよ！
繁行　わー。なんか邪魔だな。
吉田　邪魔!?

繁行　あのセミの……あれが……鳴き声が……。
登美子　……（笑っている）
吉田　みろ、笑われてんじゃねえか。

秋生が来た。

秋生　すいません、遅くなりました。
繁行　あ、秋生さん、昨夜、どういう話になったんでしたっけ？
秋生　何が？
繁行　タイムカプセル――
吉田　バカかおまえは！　終わったんだよ、その話は！
繁行　あ……。
吉田　イラつくな、ントに……（秋生に）まあ、座れよ。
秋生　あ、ハイ。（座る）
登美子　（秋生に）聞きました、水路の作業を……。
秋生　（登美子を見るが）……
吉田　昨日の選挙事務所の前での爆破テロのこと……はっきり我が軍の暴走だってこと

になってる……。

秋生　え、だって、あんな時間帯の……自作自演に決まってるじゃないですか！　一人のケガ人も出てないいんですよ。

吉田　うん、ただ敵はそれを口実に、最終攻撃をほのめかして、タジマ地区からの撤退に合意させようとしてるんだ……あそこにはまだほとんどの住民が残ってる……ヘタに抵抗すると、人道的な立場からの批難をわが軍が受けることになる……そういうことだろう。

秋生　それじゃあ兵力にモノを言わそうとする敵の思うツボじゃないですか！　無駄な抵抗をしたってことで、われわれが批難を浴びるってことでしょう!?　無駄な抵抗をしたから住民が被害を受けたんだって！

吉田　だけど多岐川、考えてもみろ。人が死ぬんだぞ、おまえの言う被害ってのは、具体的な人の死だ！　……無駄ではない。この闘いは無駄ではない！　その思いを共有できないまま、われわれだけで走ることができるのか？

秋生　共有？　共有ですか？　オレは共有とは思わない！　司令部との共有？　吉田さんとの共有？　オレはそうは思わない！　オレは吉田さんに導かれ、従ってきただけです！（言い直して）……従っているだけです！

繁行が「そうか」などとさも用事を思い出したふうに出てゆく。
登美子は文庫本をしまったりしていて。

吉田　チェラベークのメンバー、釈放の動きがあるらしいんだ。
秋生　え、撤退に合意と引きかえにってことですか？
吉田　引きかえというわけでもないだろうが、当局も彼らの人気を甘くみていたってことだろう。民意に押し切られたという形をとったほうがいいという……これもおまえに言わせれば自作自演ということかもしれんが、そうだという視点に立てばこっちだって作戦の立てようもある。釈放に先だってメンバーの立ち会いのもとで当局の家宅捜索がある。その家宅捜索に真山を送り込んで――
秋生　ちょっと待ってください、真山はメンバーじゃないでしょう？
登美子　今はね。でも元メンバーだってことで、根っこは同じだと思われるに決まってますよ。
秋生　え？
吉田　（登美子に）わかりますね、改めての合流までにしばらく時間をおく必要がある……その間に真山には、司令部との連絡係として働いてもらうことになるでしょう。撤退に合意すれば、司令部はいったんキチセの方に移動することになる――

秋生　（苦しげなため息）

吉田　ん？

秋生　要するにオレは、何を求められてるんですか？　言ったでしょう!?　オレは従うんです!!　真山を家宅捜索に付き合わせるとリーダーが言えば、そのためにオレは何をすればいいか考える！　そういう意味でなら共有と言っていいでしょう！でもそれは横に並んでるんじゃない。縦に並んでるんだ。下の者が上を支える構造になってる！　そしてある時、下が上の、上が下の、犠牲になる。なってゆく！　その犠牲こそが人間の尊厳であり、人類の進歩を司る起点なんだ……覚えてますか、これは吉田さんがオレに教えてくれたことです。

吉田　オレの犠牲になることをよしとしてるか？　今のおまえがオレの犠牲になることを！

秋生　……

吉田　それが今のおまえの苦しみじゃないのか？　縦に並ぶことができないということが！　オレはおまえを、その苦しみから解放させたいと思ってる。そういうことじゃないのか？

秋生　……

吉田　それはオレ自身を苦しみから解放させようとすることでもある……綺麗事でも何

秋生　でもない。おまえの苦しみはオレの苦しみでもあるからだ。

吉田　身におぼえがありませんね。

秋生　何が？

吉田　その苦しみという言葉にすら。

秋生　（秋生を見て）……フフ……。

吉田　え？

秋生　……そうか……。

登美子が「フフフ」と笑う。

登美子　セミが……とりつかれたように……。

田中が来た。
他の者を気にしたように吉田に耳打ちする。

吉田　（ので）いいよ、普通に声出して。

田中　……

吉田　え、カワグチが何？

田中　リーダーの助言が欲しいから呼んできてくれって……いえ、書いてると、どうしても嘘っぽくなるからって。

吉田　二見は？　ついてるの？

田中　ええ。

吉田　あんたがなんで？

田中　……ん？

吉田　って言うか、なんであんたがあいつに近づいてんの？

田中　近づいたわけじゃなくて――

吉田　近づいてるじゃない。

田中　近づいてませんよ。

吉田　直接言われたわけでしょ、あんたが！

田中　そうですよ。

吉田　それ、近づいてるからでしょ！

田中　そりゃある程度は――

吉田　いいよ、もう！

吉田、兵士たちの部屋の方に行く。

登美子 え、なあに？

田中 （保険の資料を出して）いえ、これをね、ちょっとすすめてみようかと思って、五年ごとに更新ができるんですけど、その更新料がね、今キャンペーン中で——

登美子 そうじゃなくて、書いてると嘘っぽくなるって、何のこと？

田中 あ、そっち。

登美子 え？　保険をすすめてるの？　あの人に、っていうか、あの捕虜に。

田中 だからね、私ホントに残念で……。

登美子 何が？

田中 もう一人の捕虜がいたでしょ、タニとかいう……亡くなった……。

登美子 ええ。

田中 聞いたらあの人、まだ新婚で、生まれて何ヶ月っていうお子さんがいたらしいんですよ……なのに！　保険に入ってなかったっていうじゃない！　残念というより私悔しくって！

登美子 ……

田中 （鼻をクンクンさせて）あら？　あなた、何を使ってらっしゃるの？

登美子　え？
田中　これ、これ（と香水をかける仕草）シャネルとかそういうやつ？
登美子　ああ（バッグの中から出して）これですよ。
田中　へえ。いい香りね……素敵。
登美子　よかったらどうぞ、もう一個あるから。
田中　え、嘘！
登美子　試供品だけど。
田中　バンザーイ！
登美子　ええ……。
田中　ありがと……（しまいながら）だからあのカワグチって人にもね――
登美子　すすめてるんだ……。
田中　ダメね、ああいう人は。警戒心が強くって……まるで詐欺師みたいな目で見られるし。
登美子　……
田中　あ、だからそう、その若妻に、亡くなった夫のことを書くようにって……どんな兵士だったか……最期を看取った戦友として……ね、秋生さん。
秋生　（上の空で）え……ああ……。

登美子　（秋生に）どういうこと？

秋生　何が？

登美子　え、それを、その若妻に渡すっていうの？　何のために!?

田中　私に聞かないで。

登美子　（いきなり怒って）どうして!?　どうしてそういうことさせるの!?

登美子はイラついたように歩き回り、セミの鳴き声に立ちどまり、あいつらだけが反応してるとばかりに、

登美子　（セミを示して）ハハハ……！　セミが鳴いてる！

田中　（意味がわからず）え、なあに？

秋生　（かったるそうに）まあ、レポートの一種だと思えばいいんじゃないですか？

登美子　レポート！

秋生　ここは学校だし、そのタマシイに触れたということで……学習、勤勉、友情……。

登美子　いやいやいやいやいや……。

秋生　ただ死に際のことについては、ちょっとハードル高いかもしれないな……何しろ人の一生をどう総括するかってことだから。

登美子　だから、そういうこと書いて、それを若妻に渡そうってことなの？　それを聞いてるの、私は！
秋生　（田中に）そういうことでしょ？
田中　……
秋生　どうでもいいみたいですよ。
田中　そんなことはないけど……でも確かに残された家族にしてみれば、そういうレポート、なぐさめられるかもしれない。
秋生　ハハハ、レポートになっちゃった！
田中　あなたがそう言ったからよ！
登美子　夫が死んだわけを、死んでからレポートされて、それが何になるんですか！　だいたい私は信じない、そんなレポート！
秋生　（田中に）私は信じる、とか思ってませんか？　だってそのレポート、大事になってくるでしょ？　保険金の支払いの査定だ何だで……（急に思いついたように）
え!?　もしかして田中さん、あのタニって男に保険を!?
田中　だから、言ってるでしょ、彼は保険をかけてなかったって！
秋生　……あ、ちがったか……かけてなかったか……。（気を落ち着けるように座る）

が、急に目の前の椅子を足で蹴る！
女二人は驚いて、秋生を見るが、

秋生　……椅子を蹴飛ばしたなオレは今……。

田中、蹴飛ばされた椅子を元に戻しつつ、

田中　（少し笑って）何なの……。

秋生　あ、すいません……（と手伝おうとして近づくが、もう手伝う必要もないので自分が座っていた場所を指して）今、レポートしてしまいましたね、自分で自分のことを……。

登美子が行こうとして、二人に見られ、

登美子　……水路とやらを……。

秋生　返事がない！

その時、明るい笑い声とともにリンと石川が来る。

リン ああ、田中さぁん！

田中 （その明るさに面食らったように）……ああ。

リン （石川に）私は笑うわよ。

石川 笑うようなことじゃないですって！

リン （田中に）この石川がね、幼かりし頃のことで、今でも悔やんでることがあるんですって言うから、何？　って聞いたら……ハハハ。

田中 え、なあに？

石川 （秋生に）今、ちょっと休憩に入ろうってことで……。

秋生 （うなずくだけ）……

リン （石川に）そらそうとしてるな、話を。

石川 えー。

田中 何よ。

リン 子供の頃、爆弾がこわい？　って聞かれたらしいのよ、この石川少年が。で「こわい」ってこたえたんですって。でも同じことを聞かれた仲の良い友達がその横で「こわくない」ってこたえた……石川は泣いた。泣いてしまったの。「こわく

田中　ない」ってどうして言わなかったんだろう……そう思って！
リン　……（反応がないことを）ホラ、話をそらそうとするから！

登美子が行こうとする。

秋生　案内しますよ、場所わからないでしょ。

秋生、登美子と一緒に行く。

リン　（秋生のことを）え、なに小声で言ってんの？（石川に）聞こえた？　今。
石川　水路の場所のことで……。
リン　へえ。
石川　わからないだろうから案内しますとか。
リン　言葉の数が多くない？　あなた余計なことまで言ってない？
石川　いや、だいたい、そんなことを……。
リン　私だって、まるっきり聞こえなかったわけじゃないからね。

石川　ま、この距離ですからね。

リン　（声を）あ、あ、あ、あ……（と出して）……なんか声が変！

石川　ちょっと手洗います。

石川、手を洗いに水場に移動。

田中　何？　石川くんがそんな話をしたの？

リン　そんな話？

田中　だから、爆弾がこわいのこわくないのって……。

リン　ああ……。

田中　それって、子供の頃、自分は可愛かったって話じゃないの？

リン　（今思いあたったかのように）あ……そか……そういうことか……！

石川　（水場から）ちがいますよ！　リンさんが、今まで生きてきて後悔してることとか何かある？　って聞くから！　だから、たまたま思い出した話をしただけで！

リン　耳がいいね。

石川　すいません、ちょっと汗もふいていいですか!?　シャツ脱ぐことになりますけど。

リン　いいわよ。

石川、上半身裸になって汗をふく。

田中　（その男の体に見とれて）……

リン　（鼻歌などうたって）……

三者三様の時間が少し流れて。

田中　リンさん。

リン　何？

田中　あなた、秋生さんとはどうなの、この頃。

リン　何が？

田中　何がじゃありませんよ、今だって、何だか知らない、変によそよそしいし。

リン　あの人の方がってことでしょ、私は普通よ。

田中　……

リン　いいの？　話してて。

田中　何が？

リン　（石川の裸体を）見ていたいんじゃないの？

田中　バ、バカなこと言わないで。だいたいあなた、石川くんは耳がいいとか言いながら、その音量とトーンでその表現は何なの？
リン　内緒よりはいいでしょ？
田中　（大げさに）オーマイガーッ！
石川　（兵士たちの部屋の方を見て）ん？　中に誰かいるんですか⁉
田中　いますよ！
石川　あ、じゃあ、現場にもう一度、戻ります。

石川、戻ってゆく。

田中　いい子ね……問題を複雑にしないために、あんなに淡白な言葉を吐いて。中に誰かいるんですか！
リン　……
田中　あんなに牛乳が似合う子も珍しい。
リン　どういうの、それ。
田中　ダメよ、あんないい子を吐け口にしちゃ。
リン　吐け口になんかしてないわ。

田中　じゃあ、なんであんなデレデレするのよ、秋生さんの前で。見せつけてるだけでしょ？
リン　……
田中　どうして？　どうして黙るの？
リン　こたえたくないことを言うからよ！
田中　そう……こたえたくないの？　どうしてだろうね。ねじまがった思いが心の中にあるからじゃないの？
リン　ねじまがった思い？　何それ。全然わかんない！
田中　遠ざかってるふりをしてるように見えるわ、私には。ホントは近づきたいのに。
リン　誰に？　秋生さんに？
田中　もちろん、そうよ！
リン　……
田中　図星でしょ？
リン　私は、あの人が——
田中　ちょっと待って、あの人って誰？
リン　秋生さんよ。
田中　だったらそう言って、あの人じゃわかんない。

リン　あ、あの人が、私に対してこうであって欲しいと思うように振る舞ってるだけよ。
田中　……。
リン　もし私が石川くんとデレデレしてるように見えるのなら、あの人が私にそうして欲しいと思ってるからよ。きっとそれであの人の気持ちは楽になるんでしょう。
田中　私は「ホントは近づきたいのに」って言ったわよね。それに対する答えだけ聞かせて。あとのことはあなたの理屈であって、私には解き明かす気力もないから。
リン　私の気持ちなんかどうでもいいのよ！　近づきたかろうが遠ざかりたかろうが！
田中　私はあの人が望むように振る舞うだけ！　何度言えばわかるの!?
リン　……
田中　田中さん。
リン　え？
田中　私はわがままな女に見えるかもしれないけど、私ほど人の言いなりになりたいと思ってる女はいないわよ……そういう自分を分析もしてるわ。
田中　分析？　どういう……？
リン　いくさ向きの女だってことよ。ええ、誰よりも戦争が好きなのよ、たぶん。

セミが鳴いている……。

石川が水場のところに戻って、見られ、

石川　すいません、忘れ物を……。

田中　え、何？

石川　忘れ物を……。

田中　（リンに）忘れ物ですって。

リン　ええ……。

田中　なあに？　忘れ物って。

石川　これです。（とかざすが小さくて）

田中　え、何？

石川　（クスリをのむ仕草）

田中　クスリ!?

石川、そうだとばかりに手をあげて行ってしまう。

田中　……（少し笑って）ボタンかと思っちゃった……。

リン　（チラと田中を見る）……

田中　あの子、パン食べるのよね。クスリのむ前に。胃が荒れるからとか言って……だから私は言ったの「大事なことよ」って……ううん、その前にあの子が、戦争で死ぬんだったら、胃が荒れること心配して何になるんだろう、なんて言うから。

リン　（立ち上がり、行こうとする）

田中　え、どこに行くの？

リン　わかんない。

リン、出てゆく。

一人になった田中、登美子にもらった香水をちょっとかいだりして……コンパクトを出してなぜか顔を点検。

パフで顔を軽くたたいたりして……急にヘリの音が、かすかに聞こえてくる。

パフを持つ手を止め、空を見る田中、そしてまわりを見て、

田中　（つぶやく）……なんでひとりなのよ……。

ほどなく、ヘリの音は遠ざかり、不意に人の気配……に振り向くとそこに土居が立っていた。

田中　あ……今、聞こえた？
土居　え？
田中　ヘリの音よ。
土居　いや……。
田中　（コンパクトとパフを持っていることを）あ、ハハ……。（と笑い、しまう）
土居　あ、ここか。

とそこに置き忘れた上着を着て、カメラを、被写体を選ぶかのように、あっちこっちに向けたりして……、田中に向ける。
向けられた田中は、

田中　（おどけて）おー、あぶない、あぶない……。
土居　えー、いいじゃないスか。
田中　だって意味がわかんないもん。
土居　意味か……意味ね……。
田中　あれしまへんやろ？
土居　え？　え？　え？　何スかそれ。どこの言葉ですか？

田中　広く関西地区。
土居　わー、なんか新鮮だな……。
田中　ダメダメ、とにかく終わりにして……終わりにして、ここ一、二分の出来事は。
　しまいかけていたコンパクトなどをバッグにしまおうとすると、土居がその田中の姿にシャッターを押す。
田中　な……何よ。
土居　ハイ、終わり！
田中　今の、ひどい……。
土居　見てみますか？（と画像を田中に見せる）五秒前の田中さん。
田中　（土居のシャツにボタンがないことに気づいて）……！
土居　田中さんが今何を見てるかってことがわかっていながら言いますけど……石川のこと、あんまり甘やかしちゃダメですよ。
田中　え？　何？
土居　あ、聞いてませんでした？　石川のことを、あんまり甘やかさないでくださいって言ってるんです。だってあいつ、ここで捕虜を一人、撃ち殺してるんですよ。

田中　なのに、まるで何もなかったかのように、冗談とかも言えてるし……田中さん、何を見てるんですか？

土居　あなた、ボタン、どうしたの？　そこのボタン。

田中　あ、これ？　取れてたんです、いつの間にか……。

土居　……

田中　もしかして田中さん、この取れたオレのボタン、持ってたりします？

土居　……

田中　え？

土居　（首を横に振る）

田中　（笑う）

土居　（ので）何よ。

田中　セミ、うるさくありません？

田中、土居から離れて、

田中　どういうことなの？

土居　何がですか？

田中　え？　石川くんを甘やかす？

土居　あ、それね……いや、オレあいつがイキイキしてるの、おかしいと思うんですよ。

田中　捕虜を撃ったから？

土居　そうですね。そう思ってもらってもいいかな。

田中　あなただって、撃ってるでしょ!?　タジマでの戦闘の時には。

土居　ええ、だからホラ、オレはイキイキしてないじゃないですか。人に銃を向けといてイキイキしてるのはおかしいと思うから……かなりひきずってる感じ、あるでしょ？

田中　……

土居　え？　田中さん、ボタン持ってないの？

田中　持ってないわよ。

土居　石川に聞いたんですよ。リンさんは、暴漢の着ていた服のボタンをひきちぎっていて、それを田中さんに渡したらしいって。

田中　持ってない……。

土居　じゃあ石川が嘘ついたんですかね、イキイキと……。

田中　石川くんは……石川くんは知ってるってこと？

土居　何をですか？

田中　だから……。

田中に向けてシャッターを切る土居。

土居　ハハ……「だから」のひとことで？

この時、ヘリの音が――
二人とも空を見る。
兵士たちの部屋の方から二見と吉田が出てくる。
二見は校庭を横切っていく。
吉田は自分の部屋の方へ行く。

田中　いやだ……こんなところで空を見るなんて……！

土居は校舎の外の方へ、田中は吉田の行った方へ行く。
カワグチも部屋から出てきている。
ヘリの音が遠ざかってゆく。

8

カワグチは教室の方へ来て、あたりをはばかりつつ、携帯を出し、電話しようとする……と、校庭にタニの姿が――

カワグチ　（驚いて）タニ……！

タニ　カワグチさん……。

カワグチ　ど、どうしたんだ、おまえ。

タニ　死んじゃったみたいなんです……見てたでしょ？　ボクが死ぬとこ。

カワグチ　……

タニ　カワグチさんの「動くな！」って声、聞こえてました……でもボク、動いちゃったんですよね……もうちょっと近づいていいですか？

カワグチ　ん？　うん……。

タニ　（近づく途中で）あ、ここだ……血がついてらぁ……雨でも降ってくれりゃいいのになあ……。
カワグチ　（たまりかねて、笑い出す）あ、ハハ……ハハハ……。
タニ　え、何笑ってるんですか？
カワグチ　いや、初めてだと思ってさ、こうやって死んだ奴に会うの……。
タニ　ああ……。
カワグチ　オレな、おまえのこと書いてたんだよ……書かされてたって言ったほうがいいか。
タニ　ボクの何をですか？
カワグチ　何を……何をかな……人となり？　でも悪いけど、どうしてもキレいごとになっちゃってさ……いや、書いたやつ、おまえの女房に届くようにするって言うんだよ。ホラ、おまえの帰りを待ってる女房……ガッカリさせたくないだろ？
タニ　……
カワグチ　オレ、おまえの女房に会ったこともないけどさ。
タニ　励ましてくれましたよね、カワグチさん……絶対帰れるから！　って。なのにボク動いちゃったから……ああ畜生！　息子の顔も見ることができないで死んじゃったんですよ、ボク！
カワグチ　そうだ、息子の名前、何て言うの？
タニ　健一です。健康第一で健一。

カワグチ　いいね、健一！
タニ　え、どうして聞いてくれたんですか、息子の名前。
カワグチ　だから書くのに必要だろ、いつも奥さんと健一くんのことを心配してましたとか書かないといけないからさ。
タニ　ああ、そうか。そうか！　でもそれはきっと喜ぶな。女房、喜びますよ、あいつ！
カワグチ　オレ、頑張んないとな。
タニ　カワグチさん、何スかそれ。

カワグチは手に携帯を持ったままだった。

カワグチ　あ、いや……。（しまおうとする）
タニ　（のを）ちょっと！（と奪い取ろうとする）
カワグチ　何すんだよ！
タニ　女房に！　女房に電話させてください！
カワグチ　ダメだよ、無理だよ！　はなせよ！
タニ　（はなされて）……

カワグチ　おまえ、死んでんだぞ。たぶんおまえの声は届かない。
タニ　なんでそんなもん持ってんですか？
カワグチ　気にしなくていいよ、そんなこと。
タニ　カワグチさん！（再度奪おうとする）
カワグチ　やめろって！
タニ　じゃあ、カワグチさん、電話してくれますか、ボク、こうやって耳あてて聞いてますから。それだったらいいでしょ？
カワグチ　そんなことに使うもんじゃないんだよ、これは。
タニ　（まだすがろうとする）
カワグチ　（のを）タニ！
タニ　……
カワグチ　結局、そこか、そこに帰っていくのか？　家族！　そこにしかないのか、帰ってゆくところは！
タニ　……
カワグチ　オレは教えて欲しいんだよ、死んでしまったおまえにこそ。オレたちはまちがってないのか？　だから、しあわせの求め方をさ！　何か他に方法があるんじゃないのか？　もっと単純な誰にでもわかるようなことがさ！　オレたちは、しあわせを求めてとか言ってさ。結局ふしあわせになるようなことばっかりやってるんじゃないのか!?　きっともっと簡単なことなんだよ！　その簡単なことが生きてるから見えないようになってるんだよ！　死んでしまえば簡単に見えることが、生きてるから見えないんだよ！　ちがうか？

タニ　……

カワグチ　だって、おまえが家族を大切に思って、そこに帰っていったって、大切に思えばそれだけ、他の家族を排斥しようとするサイクルの中に入り込んだってだけだろ？　おまえが家族を大切に思うことは善かもしれない。でも他の家族を排斥することは悪だろ？　ちがうか？　死んでしまえばわかるんじゃないのか、そういうことが！

タニ　……わからないよ……。

カワグチ　オレは見とどけたいんだよ、善を為そうとして結局は悪に組み込まれてゆく連中を……。

タニ　ここの連中のこと？

カワグチ　それくらいしかないだろ、捕虜になっちまったもの……。

タニ　ここの連中のこと？

カワグチ　いや、言葉をまちがえてるな……連中じゃなくて、人間を、だな……。

タニ　カワグチさん、もしかしてその電話……。
カワグチ　……
タニ　あいつは使えるって言ってたよね、何てったっけ……マザコンの……真山か……え？　本部と連絡がとれてるの？　それで。
カワグチ　タニ……オレたちは所詮、使い捨ての……何だ……思いつかねえよ、うまい例えが……要するに、ゴミだな……。
タニ　え、どういうこと？
カワグチ　本部が欲しいのは情報であって、誰が情報くれたのかなんてたいした問題じゃないんだろう……タジマ地区からの撤退に合意するという嘘の情報を流し始めた……そしてヘリが飛び始めた……教えてくれよタニ！　なあんだ、こんな簡単なことだったのか、そう思いながら人は死んでいくんじゃないのか？
タニ　そんなこと言わないでくれよ、わからなくなってしまうじゃないか、いろんなことが……（校庭の地面を探し、探しあて、その土を掘りながら）夢があるよ、人には……夢があるんだよ……未来はこうなるっていう……。
カワグチ　何をしてるんだ？
タニ　埋めたんだよ。
カワグチ　何を？

タニ　タイムカプセルだよ……ボクが掘りおこしたんだ。それをあいつがまた埋めた

カワグチ　……あの多岐川って奴が……ここらへんだったぞ、確かここらへんだ……。

タニ　……

カワグチ　あった……これだ、二十年後の私へ……かわいいんだ……。（それをカワグチに）

（受け取って見る）……

そのカワグチのポケットからのぞいている携帯をソロリと抜き取るタニ。

そして（女房に）電話をしようとする。

が、その時、人が来る気配にあわててそこに携帯を落として……消える。

カワグチ　（その気配の方を見て）……

二見の声　こんなところにいやがった……

カワグチ　（両手をあげ無抵抗の様）……

銃を構えた二見と真山が来た。

二見　……なんだ、さっきの旋回は？　おどしか!?　わかられたってことか、オレたち

のことが！　このアジトが！

真山　手でも振ってたんじゃないのか？　ヘリに向かって！

カワグチ　リーダーに会わせてくれないか。

顔を見合わせる二見と真山。

カワグチ　話したいことがあるんだ。

二見　ちょっと待ってろ。

二見、リーダーの部屋の方へ行く。
その時、タニが落としていったカワグチの携帯がふるえる。

真山　ん？

カワグチ　……！

真山、拾って、受信する。
真山の表情がみるみる変わってゆく。

真山　（カワグチを見て）……！

カワグチ　……

真山　（電話に）カワグチ？　母さん……あんた、何を言ってるんだ……今、どこに

――（切れた）

カワグチ　……

真山　（携帯を差し出して）どういうことなんだ、これは……。あんた、おふくろをどうしたんだ!?

カワグチ　どうもしない……どうもしないよ。

真山　どうもしない？

カワグチ　あんたを助けたいと思ってただけだよ、あの人は。

真山　あの人……。

カワグチ　あんたを助けようとしたあの人をオレは助けてあげたかっただけだ……。

真山　……

カワグチ　（携帯に手をのばし）それをホラ……。

二見が戻ってくる。

二見　ちょっと待ってろ。（二人の様子に）ん？　どうした？

真山、携帯を投げ捨て、去る。

カワグチ　……

二見　何だ、これ。（と拾う）

取り返そうとするカワグチ。
もみ合いになる。
携帯を手にしたカワグチ、地下へ逃げてゆく。
銃を持って追いかける二見。
誰もいなくなったそこに、地下から銃声が一発。
秋生が来た。
銃を持っている。
リーダーの部屋の方に行き、部屋から出てきた時、地下から、カワグチが出てくる。

カワグチ　（秋生に気づき）……
秋生　（カワグチに気づき）……リーダーを捜してる……。
カワグチ　ああ……！
秋生　顔色が悪いな。
カワグチ　光の関係じゃないかな……。
秋生　（光の具合を見てから）そうでもないぞ。
カワグチ　……
秋生　そうでもないと言ってるんだ。
カワグチ　その気になってしまいそうだな。
秋生　え？
カワグチ　ホントに顔色が悪いのかなってさ。
秋生　ホントなら、その理由は何だ？
カワグチ　……
秋生　何か血の巡りが悪くなるようなことがあるってことじゃないのか？　そういう時は、言いたいことを言ってみるといいぞ。
カワグチ　（笑う）
秋生　笑うようなことじゃないよ。

カワグチ　あんたが親切すぎてさ、だってオレは、顔色が悪いってことを認めたわけじゃないからな。そっちが勝手にそう決めただけで……オレは、その気になってしまいそうだって言っただけだからな。

秋生　いやいや、ホントに顔色が悪いんだよ、あんた。オレが勝手に決めたわけじゃない。

カワグチ　決めたろ！　オレは――

秋生　（さえぎって）わからない人だな。あんたの顔色を見ることができるのは、どっちだよ！　オレだろ!?　あんた自分の顔色を見ることはできないだろ!?

カワグチ　……

秋生　ホラ、そうやって、あんたが悔しくて唇を噛んだのを見られるのは、オレだから。

カワグチ　悔しくて！　そりゃ間違いだな。オレはここらへん（唇）の皮がめくれてるような気がして、こうしただけだよ。そういうふうにさ、見るだけで判断する奴は、何につけ間違いを犯しやすいってことだよ。

秋生、何か考えつつ行きつ戻りつする。

カワグチ　何？

秋生　オレは、どうにも、あんたの口から言って欲しいって……そう思ってるようなんだ……。たぶん、あんたの方でも〝見る人間〟であることに疲れた頃なんだろうしさ。

カワグチ　見る人間？

秋生　ああ……だから、オレの方であんたを見てあげようって、そう思い始めたんじゃないかな。

カワグチ　……

秋生　ところが、あんたを見るためには、あの真山のおふくろを見た方がいいんじゃないかと思い始めた……まさに、見るものがいっぱいだ……フフフ……。

今度は、カワグチの方が何かを考えてるふうに、何歩か歩いた。

秋生　ん？　何か言おうとしてるのか？　顔色をよくするために。

カワグチ　それはアレか、あんたを見るためには、あのリーダーの妹さんを見ればいいかもしれないって——

秋生　（最後まで言わせず）ちがうな。

カワグチ　……

秋生　先走るんじゃねえよ。

カワグチ　顔色をよくしたいんだよ。

秋生　……

カワグチ　オレは何も見ちゃいない、見る人間なんかじゃないよ。穴を掘らされてただけだからな……。「見られてる」そう思う根拠があんたのなかに、いや彼女のなかにもあったってことじゃないのか？　それはそれぞれの「恋をしてるはずだ」って思いだよ。「はず？」「はずって何だよ」そう言いそうな目がまわりにいっぱいあって、どの目かがホントのことを言ってしまうんじゃないかって、二人が思ってた頃、このオレはただ穴を掘ってた……そういうことだよ。

秋生　いっこうに顔色がよくなる気配がないな……。

カワグチ　（すでに危険を察知して）……リーダーに対する尊敬の気持ちが、妹への恋心を見あやまらせたのかもしれない……あなたはそう思いはじめた……そして彼女はそれを感じ始めたんだ……そしてオレは、穴を掘ってた……。

秋生、カワグチに向けて銃を構える。

カワグチ　そうか……真山のおふくろさんのことだったな……。

秋生　今さら聞くこともないか、本部とどうやって連絡とったかなど……ただひとつだけこたえてもらおうか。
カワグチ　何？
秋生　真山のおふくろさんは、ただの道具だったか？
カワグチ　……
秋生　え？
カワグチ　難しい質問だな。
秋生　簡単なことを難しく考えるからじゃないのか？　顔色が悪くなるのは。何ならオレが始末しておいていいぞ。
カワグチ　……
秋生　（銃をさらに意図的に構えて）どっちを向く？　オレを見てるか？　それとも森を見てるか？
カワグチ　……
秋生　難しい質問か？　これも。

秋生が引き金をひこうとした時、そこに吉田が——
三者三様にその状況に気づいて。

秋生　……

カワグチ　……

吉田　……（少し笑ったか）……多岐川、その男、オレに渡してくれないか。

秋生　……

吉田　まだやってもらわなきゃならないことがあるんだ……。一人の男が、自分の人生を振り返って、いい人生だったと思う日までのことを書いてもらわなきゃ……。（カワグチに）まだなんだろ？

カワグチ　……

吉田　どうなんだろうな多岐川。

秋生　何が？

吉田　そんな奴はなかなかいねえとかぬかしやがんだよ。いいのか、そんなことで。じゃあ何のために生きてんだ！　そういうことだろ!?　だから、オレはな、思うだけでいい、それを書きとめるだけでいいって言ったんだ。譲歩したんだよ。なのに、このカワグチって捕虜はさ――

カワグチ　オレは作家じゃないし……。

吉田　作家！　作家とか作家じゃねえとかの話じゃねえよ。作家であることに何の価値があるんだ。そんなのただの肩書きじゃねえか。

カワグチ　じゃあ同じように捕虜ってことにも——
吉田　捕虜は肩書きじゃないだろ……。あんたそのものだよ。

かすかにヘリの音が聞こえている。
再度、引き金をひこうとする秋生。

吉田　多岐川！
秋生　……なぜ止めるんです？
吉田　おかしいか？　オレは、いい人生だったと振り返る男のことを思って欲しいだけなんだ。この捕虜に。
秋生　何になるんです、そんなことが！　ああして頭上にヘリが飛んでいる時に！

田中が出てくる。

吉田　なあ多岐川。思ったことにしか価値がないような気がしてくるんだよ……。こうやって、やることなすこと意味がなくなっていくんじゃ……。ちがうか？　カワグチ！

カワグチ　……

吉田　おまえに対する本部の仕打ちも、ずいぶんだと思わないか？（田中に）あ、いたか、リンは？

田中　校舎には……。

吉田　じゃあ、そっちの練兵場《ば》にいるのかもしれない……。先にあいつを連れて山を下りるようにしてくれ。

田中、行こうとする。

吉田　あ、農家の脇を通る時は気をつけろ。おそらく敵の手がまわってる……。

田中、行く。

吉田　（カワグチを連れて行こうとして「ホラ、歩け」など言い、タイムカプセルの穴を見て）何だこりゃ……、爆弾が落ちたにしちゃ、小振りな穴だな……。

カワグチ　（身に覚えがあるが）……

秋生　（同じく）……

吉田　（穴に土をかけながら）ホラ、これがさ、おまえらの掘った穴と変わんねえような気がしてくるんだよ……。大きい小さいなんてことを問題にしてるうちに、もう次の穴だよ、こっち（頭）の方ではさ……。

カワグチ　……

吉田　多岐川！　みんなを集めてくれ。（カワグチに）ホラ、歩け。

吉田、カワグチを自分の部屋の方へ。

9

一人になった秋生。
空を見ていると、リンが来る。

秋生　あ、あれ……、田中さんが……。
リン　……
秋生　いや、今、練兵場にいるんじゃないかって探しに行ったはずだ。
リン　はずだって……。
秋生　え？
リン　見とどけてはいないけどってこと？
秋生　ああ……。
リン　……
秋生　ひと足先に田中さんとこの山を下りるようにって、吉田さんが言ったんだ。

リン、その練兵場に行こうとして、

リン　（立ち止まり）あんなところには行かないはずだって言ってくれりゃよかったのに。

秋生　……。

リン　訓練なんかする必要ないでしょ。前線に出ないんだから。

秋生　わからないよ、それは。

リン　え？

秋生　目的があって、その目的のためにそこに行くとは限らないからな。

リン　気持ちいいほど冷たい言葉。

行こうとするリン。

秋生　リン！

リン　（止まり）……何？

秋生　結婚しよう。

リン　……え？

秋生　もっと……何だ……落ち着いた時に言うんだと思ってた……。まだ吉田さんにも

リン　言ってない……。

秋生　……

リン　おぼえてるだろ。あの川ぞいのアパートで、キミのためなら死ぬことができるって言った……。今オレは、キミと一緒に生きてゆくって決めた……。

秋生　……あなたと知り合う前に戻ればいいだけのことだと思った……そしたら、あなたに会った時のことばかり思い出して……そしてまた……あなたのことが好きになった……。

リン　返事は？　リン。

田中が来た。

田中　あ、リンさん！

リン　わかってる。探してたんでしょ？

田中　そうよ、早くこの山を下りた方がいいわ。

リン、保健室の方へ行く。

田中　え？

秋生　今、結婚を申し込んだんだ。

秋生、リンのあとを追う。

田中　……え？　ヒューヒュー！

田中は空を見ているが、（橋がかりの）廊下の先に何か物音を聞いたような気がして、そこに何があるんだとばかりに渡り出す……。

と、中庭の植込みのところに、土居のボタンのとれた上着が捨てられている……。

それを拾って手に持つ。

土居の声　なんかさあ、久しぶりに走ったような気がしねえか？

思わず植込みに隠れる田中。

土居と石川と繁行が来た。

土居　ちきしょ。写真なんか撮ってる場合じゃねえや！
石川　なんか、埋めたはずのヘリが空を飛んでるような気になりますね！
繁行　（兵士たちの部屋を見て）いねえな。
石川　誰が？
繁行　兄貴、兄貴。
土居　そうか、おまえら、兄弟だったな……。そんなことも忘れてるわ。
繁行　やばかったですよね、さっきの旋回。
石川　オレ、ちょっとリーダーに――
土居　石川！
石川　ハイ？
土居　おまえ、オレのこと避けてねえか？
石川　え、そんなことないスよ。
土居　何しに行くんだよ、リーダーのところに。
石川　いや、だから、繁行が言ったその、真山のおふくろさんのことを……。
土居　……
石川　なんか、さっきの真山の態度も変だったし。
土居　何ビビってんだよ。

石川　……

土居　そうな、オレたちゃ死ぬかもしれねえな。ここで。（石川にカメラを差し出して）ホラ。

石川　え？

土居　撮れよ、オレを。オレ、こんなことしてるからさ……。（と変な踊りのような格好をする）

石川　え……。（と笑うしかない）

土居　ガレキの中で踊ってた女の子いたろ。ありゃどこだった？　ホラ、空爆で家族やられた……、女の子だよ！　一人残されて！　ありゃおまえじゃなかったか？「あの女の子は、なんで踊ってんだ、音楽もないのに」って言ったのは。……こんなして、こんなして……、早く撮れよ！

真山が来る。

土居　なんだよ。

繁行　おふくろさん？

真山　（振り返る）

繁行　おふくろさん探してんの？

そのまま、兵士たちの部屋に行って、そのまま、出てきて、

真山　二見は？
繁行　いや……。
真山　あいつが携帯もってるはずなんだ……。
繁行　携帯？
真山　携帯電話だよ！

真山は地下壕の方に目をやると、そこに入ってゆく。
繁行も……。

土居　（笑って）水をさされたキラいがあるな……。
石川　……（カメラを持ったまま、何かを耐えてるふう）
土居　（なので）何だよ。
石川　オレは見てないよ。

土居　何を？

石川　見たって言うんだろ？　オレが！

土居　だから、何をだよ。

石川　……この中に入ってる……。

土居　あ？

石川　ひとりでいるリンさん……。

土居　……

石川　見たんじゃないだろ、たまたま見えてしまっただけだろ。ちがう写真を見せてもらった時にさ！

地下壕から真山が出てくる。

真山　二見が……死んでる……おふくろのせいだ……おふくろのせいに決まってる……。

地下壕の中に入ってゆく土居、石川。

ヘリの音が聞こえてくる。

真山　ちきしょう！

空から黒い物体が落ちたのが遠くに見える。
母親を探しに行こうとした真山。
立ち止まる……母親のにおいがしたのだ。
ヘリの音が近づいてくる。

真山　……！

空から二つ目の黒い物体が、やや近くに落ちたのが見える。
においがした植込みの方に銃を構えながら近づいてゆく真山。
植込みが少しばかり揺れた。

真山　香水なんかつけてくるなって言ったろ!!

ヘリの音がほぼ真上に――
銃を撃つ真山。

空から三つ目の物体が校庭に落ちてくる。
それは人の死体で、地下壕から出てきていた土居と石川の目の前に落ちた。

真山　（撃ったのが田中だとわかって）……え？

死体を見ていた土居と石川。

石川　チェラベークの……！
土居　カイトだ、チェラベークの！

田中を撃ったはずの真山が、植込みから出てきた時、真山ではなく秋生に変わっている。
ヘリが旋回する音とともに暗転するが、秋生にだけ明かりは残って。

秋生　……

秋生は橋がかりの上に立っている。

10

リンの声　……私はきっと平凡な生活をしていると思います。毎朝、主人を会社に送り出し、子供たちを学校に送り出してから、お洗濯をして、お掃除をして、それからやっぱりテレビを見たりしているかな。

ろうそくに火がつくと、タイムカプセルを読んでいるリンの姿が浮かびあがる。

リン　誕生日には、主人や子供たちがいっぱいのプレゼントを持ってくるから、こんなにいいのに、と言いながら私はもらうんです……。二十年後の私、三十歳になった私は、お金持ちの奥さんになっています。そして、貧乏な人たちに、お金をあげているでしょう。

そのリンに近づこうとする秋生。

と、カワグチが、先にリンに近づいて、持ってきた水を差し出した。

秋生　……（立ち止まって）

カワグチ　これ、どうぞ。

リン　……

カワグチ　あそこに埋めてあったんです。

リン　これ、ひとつだけ？　こういうのってクラスみんなで同じ穴に埋めるんじゃないの？

カワグチ　ああ……。

リン　わざと自分だけちがう場所に埋めたのかな。

カワグチ　どうですかね……。

カワグチは、別の机で、自分の原稿を見ている。

カワグチ　（リンに見られているので）……思ったことにしか価値はないって、あんたの兄さんに言われた……バカなことを言うと思っていたけど……こうやって書かされると、思ったことじゃないはずのこと……動き回ったことや隠れたこと、殴り合ったりしたことやなんかが、ホントにあったことか、わからなくなってくる……。

カワグチ　……

リン　そして、この中で動きまわってるオレ自身が、今こうしているオレと、どういう関係なのか、わからなくなってくるんだ……。何のためにこんなものを書けって、あの人は言ったのか……！

カワグチ　あなたは、言い訳をしてるのではない？

リン　言い訳？　何の？

カワグチ　私たちのことをイジワルく見ていたことのよ。私と秋生さんのことを。

リン　え？

カワグチ　そうするしかなかったってことを言ってるんじゃないの？

リン　捕虜だったという理由で？

カワグチ　そうね……、でももう許すしかない。私たちは結婚したから。

リン　おめでとうって言っていいですか？

カワグチ　……

　だって、これもイジワルいことだって言うでしょう？

　また、カワグチが自分の原稿を読もうとしているが見えにくそうなので、リンは電気をつけてあげようとする。

リン　そうか……切れてるんだったわね……あなたに親切をしてあげようと思ったのに。
カワグチ　あ……。
リン　親切、親切……（と言いつつ、パチパチやるが）……ダメだ、親切ができない！
カワグチ　ありがとうございます。だいぶ見えるようになった気がします。
リン　遅いな……。
カワグチ　え？
リン　秋生さん。
カワグチ　……
リン　オオウラから戻ってくるはずなんだけど……。暗い山道で迷ってたりしてね……。
カワグチ　……
リン　だって、ホントに暗いのよ。真暗闇なんだから。
カワグチ　そうでしょうね。
リン　想像できるの？
カワグチ　真暗闇か……。
リン　そう、真暗闇！

カワグチ　どうしても山道だってわかる程度にはなりますね。
リン　……
カワグチ　そうでないと、そこが山道だってことにならないですからね。だって真暗闇じゃ、そこはどこでもいいことになってしまう！
リン　ちょっとついていけない、その理屈。
カワグチ　そうですか？
リン　理屈どおりすぎて。
カワグチ　そっか……。
リン　ダメだ。心配になってきた……。ちょっと迎えに出てくる。
カワグチ　え、だって真暗闇なんでしょ？
リン　校門のところまでよ。

リン、出ていく。
一人残ったカワグチの方へ近づいてゆく秋生。

カワグチ　あなたのことを、見まい、見まいとして必死でしたよ……。だって、あなたはここにいないはずなんだから。

秋生は、リンが読んでいたタイムカプセルの方に行き、それを見ている。

秋生　誰が掘り返したんですか、これ。

カワグチ　タニが。

秋生　いやいや、あいつが掘りおこしたのをオレが埋めたんだ。

カワグチ　そのあとにもう一度掘り返したんですよ。

秋生　え？

カワグチ　そのへんのことは、ここ（原稿）に書いてあります。

秋生、その原稿に近づこうとするので、

カワグチ　あ、いや、これはちょっと恥ずかしいので……。

秋生　だって、あいつは死んだ……。

カワグチ　はずなんですけどね……。どうしてもこれ（原稿）のつじつまが合わなくなって……。理由がないんですよ、死ぬ理由が。だから、島根県に帰してやりました。

秋生は、何かを考えているようだが、やがて、少しずつ、笑い出す。

秋生　ハハ……ハハ……。

カワグチ　笑っちゃうでしょ？　島根県には女房と生まれたばっかりの子供が、健一って子供がいるらしいんですよ。

秋生　いやいや、オレは、あなたがそんなものを書かされていることを笑っているんだ。

カワグチ　あ……。

秋生　それこそ理由がないでしょう！　あなたがそんなものを書かされる理由が。

カワグチ　うーん……。

秋生　え、さっき、何を言いました？　オレがここにいないはずだから？

カワグチ　あ、ハイ。

秋生　……

カワグチ　だってあなたはオオウラに行ってるはずでしょ？　だから彼女は、リンさんは、待ってた……。あなたがここにいるのはおかしい……。

秋生　それも、その中に書いてあるのか？

カワグチ　書いたかな……。

秋生　だったらオレは修正しなきゃならないな、それを。

カワグチ　いやいや、あなたはオオウラに行ってるんだから、いいんですよ、ここにはいないってことで！

秋生　でも、いないはずなんだけど、ここにいるってことを書いてるわけだろ!?
カワグチ　……
秋生　だから、見まい見まいとして必死だったたって話になるわけじゃないのか!?
カワグチ　じゃあ、その部分は削ります。
秋生　……
カワグチ　ええ、削りましょう。

秋生、リンが出ていった方を気にする。

カワグチ　あなたを尊敬する気持ちばかりがつのってくる……。
秋生　え？
カワグチ　あなたは自分を戒《いまし》めたんでしょう？
秋生　え？
カワグチ　彼女と結婚したことですよ。あなたは貫いたんだ、リーダーへの忠誠を。
秋生　どういうことだ？　自分を戒めた？
カワグチ　リーダーへの忠誠心がゆらいだ時彼女への愛が消えてゆく自分を。その自分を戒めたんですよ。

秋生　バカなこと言うんじゃない。オレはリンを愛していた……。だから結婚したんだ！　それが理由だ、結婚した理由だろ！

ヘリの音が聞こえてくる。

カワグチ　（身を隠そうとする）

秋生　（ので）何をこわがってるんだ？　あれは味方のヘリだろ、政府軍のヘリじゃないのか！

カワグチ　……

秋生　カワグチ……キミは、……死んでいるのか？

ヘリの音が高くなり、それを見ている秋生。
原稿は散り、ろうそくも消え、カワグチの姿は見えなくなっている。

秋生　……！

秋生、必死でマッチをするが、つかない。

ふと、そばに、土居のカメラが落ちているのを見る。

秋生　（拾って）……

土居の声　ここにあった……。

その声に振り向くと、植込みの中に自分の上着を見つけた土居がいる。

秋生　土居か？

土居　ああ、秋生さん。

秋生　これ。（とカメラを）

土居　カメラ……どこにありました？

秋生　ここ。

土居　落としたのか、こんなところで……ありがとうございます……あっちこっちに落としてる、なんて……ハハ。

秋生、リンの方を気にしてる。

土居　どうしたんですか？
秋生　いや、リンが……。
土居　リンさんが？

秋生、土居を見て、さも面白い遊びを思いついたとばかりに、

秋生　土居！
土居　何スか？
秋生　おまえのその上着、かせ。
土居　え？
秋生　いいからホラ、早く脱げ。

土居の上着を脱がせて、

秋生　カメラもかせ。
土居　何ですか。
秋生　今、リンがオレを迎えにいってるからさ、校門の近くで「秋生さん、いつの間に

土居　帰ってたんですか」って言ってくれよ。そしたら、リンは、「え」とか思って、こっちに来るだろ。

秋生　ハア……。

土居　オレは、こうして、カメラかまえて、こっち向いてるからさ。そうすっと、あいつ言うだろ「土居さん、秋生さんは？」って……。そしたらオレ「ここだよ」って言って、振り向くから、な。

秋生　え、それ、面白いんですか？

土居　面白いだろ！

秋生　えー、ちょっとわかんないな。

土居　いいから！

秋生、上着を着て、カメラも持った頃、リンが来る。
いたずらが未遂に終わった秋生は、

秋生　あ……。（と固まる）

リン　え……。

瞬間的にポケットにカメラを入れたが、それを出して、土居に返しつつ、

秋生　いや、こいつが変なこと言うから、その遊びに付き合ってて、——ん？

カメラを返す時、ポケットから何かがころがり落ちた。

秋生　ボタン……ボタンだ……。（軒下にボタンを見つけて）あった、あそこだ。

しかしそのボタンは、物のすきまに入って、それを必死に取ろうとする秋生。

秋生　おい！　手伝ってくれ。

土居も、リンも、それぞれの思いでその秋生を見ているようだ。
そこに、リンの声で、タイムカプセルを読んでいる声が重なる。
ヘリの音で聞こえなくなるが、秋生は、ボタンを取ろうとしている。

リンの声　……二十年後の私、三十歳になった私は、お金持ちの奥さんになっています。そ

秋生　して、貧乏な人たちに、お金をあげているでしょう。
（あきらめたように）ダメだ、手が届かない……！

暗転――。

あとがき

シリアのアレッポで救助隊のような活動をしているホワイト・ヘルメットと呼ばれる人たちのドキュメンタリーで、空を飛ぶ飛行機を見ながら空爆から避難をしているホワイト・ヘルメットの一員がカメラで追う人にむかって「空ばかり見ているんだ」と言っているのを観ました。言葉だけ聞けばむしろ希望に向かっているかの「空を見る」という行為が、空からの危険を察知するためのものであるということが切なく、心に残りました。

今度の新作はどんな話ですか、と聞かれると「尊敬する上司の妹と恋をしていた男が上司を尊敬できなくなったとき妹との恋を疑い出す、そんな話です」と答えておりました。が、あるときからこれは戦時下での話の方がいいと思い始めました。よりシビアな状況と人間関係の中にいる人たちの話の方がいい、そう思ったとき先のドキュメンタリーを思い出しました。

タイトルはその言葉からきています。

沖縄に行きたいと思いました。森の中を歩きたい、そして廃校になった小学校を見てみたい。そうすることが、この本を書こうとする私を、戦時下にいる兵士たちの世界へいざなってくれるような気がしたのです。

本を書き出す前は、おおむねこんなことが私の中にありました。

書き始めると本は難航しました。戦時下というけれど、彼らはどこと戦争をしているのか？　そもそも戦争とは何か？

「事件とは問題をわかりやすくするために起こるのだ」と私は常々言っております。仲のいい夫婦のように見えたけれどそうじゃなかったんだと教えてくれるのは、ある晩奥さんが旦那さんを刺し殺したという事件があったからです。翌朝ブルーシートの周りで近隣の人たちが話しているのです。「仲のいい夫婦に見えたけどねぇ」「昨日の夕方、スーパーで二人は買い物をしていたよ」「私も見た、野菜がどれも新鮮ねって奥さんが言ってた、ホントだねぇって旦那さんが言ってた」「うちなんか旦那とスーパーなんか、行ったためしがないよ」「うちだってそうよ！」……そんなふうに近隣の人たちは、答えが出たとばかりに間接的に事件というもののありがたみを口にしているのです。

では戦争という事件は、何をわかりやすくしようとして起こるものなのでしょう？　世界中の皆が、戦争は良くない、悪だ、と言っているのに戦争は絶えないのです。不思議というより、何か必然があるとしか言いようがない。矛盾の実践とでも呼びたくなるものがそこにはある。ベトナム戦争のとき兵士だった作家ティム・オブライエンは、その小説の中でこう書いている。

「銃撃戦のあと、そこには強烈な生きることの喜びが存在する」

これを先の言い方に置き換えるなら、「銃撃戦は、強烈な生きていることの喜びを感じるために起こるものだ」ということになる。それほどまでの犠牲を払わなければ生きていることの喜びは感じられないということなのだろうか？　また同じ小説でかの作家は「本当の戦争の話というのは戦争についての話ではない。絶対に。それは太陽の光についての話である。それは君がこれからその河を渡って山岳部に向かい、そこでぞっとするようなことをしなくてはならないという朝の、河の水面に朝日が照り映える特別な様子についての話である」と言う。

はるか遠くで絶望が希望と接しているように感じる。接している様子をそう表現しているように。だが接しているという確証はない。その確証のなさは物語という形となって暗闇の中にいる兵士の記憶の中に住みついてゆく。そして記憶もいつしか確証のないものにかわって、物語だけが残ってゆく。兵士は物語とともに在る。

そんなことが書いている私の中にあったことだ。

結果、どんな本で、どんな舞台になったのか、それは本を読んでくださる方、舞台を観てくださる方の心の内に問うしかない。

尚、劇中、士居がガレキの中で踊る女の子の話をするが、これはティム・オブライエンの「スタイル」という超短編の小説の挿話を参考にしている。これもまた絶望と希望の接するところを見ているような気がしてのことだ。

この戯曲はBunkamuraシアターコクーンの30周年記念公演のために書き下ろしました。

戯曲の出版に際してはリトルモアの大嶺洋子氏に尽力いただいたことをここに記しておきます。出版をよしとしてくださった孫家邦氏にも。

感謝です。

岩松了

二〇一九年二月

空ばかり見ていた　上演記録

Bunkamura30周年記念公演
シアターコクーン・オンレパートリー2019

2019年3月9日—31日　Bunkamuraシアターコクーン
2019年4月5日—10日　森ノ宮ピロティホール

作・演出
岩松了

出演

多岐川秋生	森田剛
土居	勝地涼
リン	平岩紙
田中	筒井真理子
登美子	宮下今日子
二見	新名基浩
真山	大友律
石川	髙橋里恩
繁行	三村和敬
タニ	二ノ宮隆太郎
カワグチ	豊原功補
吉田	村上淳

スタッフ

美術	愛甲悦子
照明	沢田祐二
音響	藤田赤目
衣裳	伊賀大介
ヘアメイクデザイン	勇見勝彦
擬闘	栗原直樹
美術助手	岩本三玲
演出助手	陶山浩乃
舞台監督	二瓶剛雄
	小澤久明
舞台監督助手	大熊雅美
	佐藤昭子
	宮崎康成
	福田智之
	佐藤巴香
照明操作	渥美友宏
	横山紗木里
	竹平希和
音響操作	村上真紀
衣裳部	玉置敬子
	田近裕美
ヘアメイク進行	遠山美和子
衣裳助手	加藤美咲
	山本美希
制作助手	坂井加代子
	梶原千晶

Bunkamura

エグゼクティブ・プロデューサー	加藤真規
チーフ・プロデューサー	松井珠美
	森田智子
制作	青山恵理子
制作助手	和田幸子
票券	青木元子
劇場舞台技術	野中昭二

大阪公演主催　サンライズプロモーション大阪

企画・製作／東京公演主催　Bunkamura

岩松了　いわまつ・りょう

劇作家、演出家、俳優。1952年長崎県生まれ。東京外国語大学ロシア語学科中退。東京乾電池に在団中の1986年、作・演出を手がけた『お茶と説教』が評判となる。1989年、『蒲団と達磨』にて岸田國士戯曲賞受賞。以後、岩松了プロデュース、タ・マニネ、M＆O plays などで作品を発表。1993年『こわれゆく男』『鳩を飼う姉妹』で紀伊國屋演劇賞個人賞、1998年『テレビ・デイズ』で読売文学賞、2017年『薄い桃色のかたまり』で鶴屋南北戯曲賞を受賞。舞台・映画・テレビドラマなど、多方面で活躍。

空ばかり見ていた

2019年3月9日　初版第一刷発行

著者　岩松了

ブックデザイン　服部一成

協力　Bunkamura

発行人　孫家邦

発行所　株式会社リトルモア
〒151-0051　東京都渋谷区千駄ヶ谷3-56-6
電話：03-3401-1042　ファックス：03-3401-1052
http://www.littlemore.co.jp

印刷・製本所　中央精版印刷株式会社

ISBN978-4-89815-502-8　C0074